Saint-Germain-des-Prés

Du même auteur

À LA TABLE RONDE

Escales
Vagabondages littéraires à Paris
Petite Anthologie de poésie ferroviaire
Montparnasse, l'âge d'or
Montmartre, gens et légendes

AUX ÉDITIONS DENOËL

Le Roman du Printemps, l'histoire d'un grand magasin
Lever de rideau, histoire des théâtres privés de Paris
Montparnasse, l'âge d'or

Collection des Grands Express Internationaux,
en collaboration avec Jean des Cars

L'Orient-Express, cent ans d'aventures ferroviaires.
Couronné par l'Académie française
Le Transsibérien, l'extrême Orient-Express
Le Train bleu et les Grands Express de la Riviera
Les Trains des rois et des présidents
L'Aventure de la malle des Indes
La tour Eiffel, un siècle d'audace et de génie

CHEZ DIVERS ÉDITEURS

Le Paris de Jacques Prévert (Flammarion)
Les Champs-Élysées (Flammarion)
Le Goût du voyage, de l'Orient-Express aux trains à grande vitesse (Flammarion)
Voyages, préface de Pierre-Jean Remy (Olivier Orban)
L'Art du Sud – Provence-Côte d'Azur (Image-Magie)
Normandie, préface de Malcolm Forbe (Image-Magie)
Vivre Paris, préface de Jacques Laurent (Mengès)
Les Exilés de Montparnasse, 1920-1940 (Gallimard)

Jean-Paul Caracalla

SAINT-GERMAIN DES PRÉS

Préface de Michel Déon
de l'Académie française

La Table Ronde
33, rue Saint-André-des-Arts, Paris 6e

ISBN 978-2-7103-2998-5.

www.editionslatableronde.fr

Pour Anne-Françoise et Laurence.

Sommaire

Préface

Jean-Paul Caracalla a flâné dans maintes parties de Paris : Montparnasse, Montmartre notamment dont il a rapporté des souvenirs qui datent de fort avant sa naissance, ce qui prouve, une fois de plus, que l'Histoire, petite ou grande, n'est jamais bien racontée que par les historiens qui ne l'ont pas vécue. Cet homme du XVIIe *(je parle de l'arrondissement) a passé la majeure partie de sa vie sur la rive droite de la Seine. Pacha dans un luxueux bureau, rue de l'Arcade, déifié par ses secrétaires, il a conçu et réalisé une* Revue des Voyages *qui, par son luxe et l'arc-en-ciel de ses collaborateurs en vadrouille, valait tous les voyages du monde. Soyons juste : même si la majeure partie de la vie caracallienne se déroulait à envoyer des émissaires vérifier que les Chinois ont les yeux bridés ou les Brésiliennes des seins admirables, Jean-Paul Caracalla s'est souvent risqué à franchir la Seine, soit par des ponts très solides, soit en bateau-mouche et même par des voies souterraines. Les hommes les plus vestimentairement corrects ont parfois des envies de s'encanailler. S'encanailler est sans doute un terme un peu fort pour un habitué du Café des Deux Magots, mais c'est là que, brisant le quant-à-soi des quartiers chics et chers, il a son second bureau.*

Quel poste d'observation ! Même encore dans les années 2000 et quelques, malgré l'envahissement de la place par les touristes ! Jean-Paul Caracalla ayant toujours été marié a été pas mal freiné dans ses explorations d'un quartier où on se couche en général très tôt, vers cinq, six heures du matin pour laisser la rue aux arroseuses municipales. Heures mélancoliques, s'il en est. On décèle fort bien dans ce livre sur Saint-Germain-des-Prés les quelques regrets du directeur de la Revue des Voyages. *Il n'était pas de la clique du légendaire (et éphémère) Tabou qui s'animait vers minuit, mais comme il raconte bien le chahut de cette première boîte souterraine, l'ivresse du jazz et du whisky retrouvé après cinq ans de privations !*

Dans Saint-Germain-des-Prés, bien que fort éloigné de la mer, il y a eu des vagues, des modes. Des cafés, des restaurants, des boîtes ouvraient dans la joie et l'excitation de se retrouver entre initiés. Quelques « locomotives » en décidaient et toute une rue, un square s'animaient soudain presque magiquement. Ou fermaient sans larmes, sans raison sauf que, sou-

vent, l'animateur se prenant pour un client buvait son fonds. Des spectacles de cabaret attiraient tout Paris, mais le spectacle ne se renouvelait pas et le cabaret fermait, comme ce fut le cas pour la Rose Rouge qui dut son succès à Queneau, aux Frères Jacques, à Rosy Varte, aux mises en scène de Nikos Papataki. On brûlait la chandelle. À Saint-Germain-des-Prés, on en a brûlé des tonnes. Il fallait vivre bien et vite, loi qui laisse des remords et quelques ruines. Des noms apparaissent, rappels de jolis moments plus innocents qu'on le croit. Caracalla en cite beaucoup et non des moindres, en oublie quelques-uns. Bien sûr, Boris Vian, la belle Gréco, la fragile Annie Cazalis, Anouk Aimé. Il a oublié Annabel qui devint Madame Bernard Buffet après avoir manqué être la duchesse de La Rochefoucauld. Si j'avais été lui, je n'aurais pas oublié les grands animateurs, les rois de la nuit, Jean-Claude Merle (Club Saint-Germain), Jean Castel de la rue Princesse. N'importe, on y reviendra un jour. L'histoire n'en finit pas d'être racontée aux jeunes hommes et femmes à venir. Le livre si charmant de Jean-Paul Caracalla est un appel aux souvenirs des survivants à la recherche des fêtes de leurs parents. On les attend.

Michel Déon,
de l'Académie française.

Rive droite, rive gauche

La Seine est la frontière naturelle entre deux univers. Rive droite, le Paris frivole, du commerce de luxe, de la presse, du spectacle ; rive gauche, celui de l'esprit, des éditeurs, des universités, des antiquaires. L'un trépidant, impatient, agité, l'autre favorisant la flânerie aux terrasses des cafés, chez les libraires, dans les galeries, ou invitant à fureter dans les boîtes des bouquinistes qui bordent les quais de la Seine.

Si la rive droite est en constante mutation, au point de dérouter celui qui revient dans la capitale après quelques semaines d'absence, la rive gauche, en revanche, garde ses points de repère permanents et immuables, réservant au promeneur un itinéraire historique et littéraire.

Depuis quelques années, la rive gauche se laisse envahir par des magasins de vêtements, de colifichets, de bimbeloterie, annexes de maisons de la rive droite. Celles-ci se targuent de posséder une succursale rive gauche comme d'autres se flattent d'avoir une filiale à Londres, New York ou Tokyo. Malgré cette banalisation, il règne encore de ce côté-ci de la Seine un art de vivre différent, une bonhomie coutumière, une plaisante convivialité chez ses habitants.

Si le boulevard Saint-Germain a perdu son rang aristocratique, la rue des Saints-Pères sa quiétude, le marché Saint-Germain ses clameurs, le flâneur a encore la ressource de baguenauder entre les éventaires des marchands de la rue de Buci et de la rue de Seine, de regarder l'exposition permanente de peintures de la rue Jacques-Callot, d'arpenter l'étroite rue Visconti, ruelle qu'habita Jean Racine un siècle avant que Balzac n'y installât une imprimerie, puis de se reposer sur le banc qu'ombragent les quatre paulownias de la place Furstenberg, devant l'atelier d'Eugène Delacroix.

Ici, la renommée se grave dans le marbre des plaques fixées sur les façades. La promenade est jalonnée d'illustres repères : sur ce quai de Seine, Voltaire recevait le Tout-Paris, ici le petit Thibault est devenu Anatole France, dans cet hôtel Baudelaire écrivit *Les Fleurs du mal*. C'est dans cette rue qu'est mort Alphonse Daudet ; Ernest Renan était locataire dans cet immeuble et dans cet autre Chateaubriand ; Monsieur Ingres travaillait ici ; Paul Verlaine buvait son absinthe à la terrasse de ce café.

C'est peu dire que de ce côté-ci de la Seine l'air que l'on respire fleure bon la littérature, l'amour des livres et des grands écrivains.

Lorsque les urbanistes épris d'alignement rasent quelques vestiges du passé et que l'histoire doit s'effacer devant le béton, les fervents de l'endroit maudissent ces travaux qui outragent des lieux sacrés qu'ils estiment inaltérables et éternels.

Rue Saint-Dominique et Saint-Guillaume, rue de l'Université, de Grenelle et de Varenne, les hôtels particuliers construits au début du XVIIIe siècle sont, pour la plupart, devenus des ministères, des ambassades ou le siège d'administrations. Leurs façades surmontées d'un fronton triangulaire s'ornent de balustrades ou de consoles sculptées supportant un balcon. Leurs cours pavées, leurs jardins sont cernés d'écuries transformées en garages.

Ces vieilles demeures, entrevues lorsque s'ouvrent les lourdes portes cochères devant une voiture officielle, évoquent la vie provinciale et cossue du noble faubourg Saint-Germain aux limites imprécises. Le percement du boulevard a précipité la chute.

Le poète-écrivain Léo Larguier, ermite de la rue Saint-Benoît, aura été le promeneur émerveillé de Saint-Germain-des-Prés : « Si l'on voulait flâner dans ce quartier, on y passerait sa vie, raconte-t-il en 1938 dans *Saint-Germain-des-Prés, mon village*, on pourrait louer une chambre d'étudiant dans un de ces innombrables hôtels balzaciens, acheter des cahiers et de l'encre chez les papetiers dont le commerce est sans doute florissant, puisqu'ils sont si près des Écoles, et on écrirait là, non seulement la plus belle histoire de Paris, mais les plus grands chapitres de l'histoire de France. » La chronique de Saint-Germain-des-Prés demeure l'un de ses épisodes les plus fertiles.

Un village serré autour d'une abbaye

En 542, les Wisigoths assiégés à Saragosse par l'armée de Childebert, fils de Clovis et roi de Paris, troquent la tunique de saint Vincent contre la levée du siège. Outre la précieuse relique, Childebert reçoit une croix d'or enchâssée de grosses pierreries, trente calices d'or, quinze patènes, vingt cassettes à évangiles et autres pièces d'orfèvrerie.

De retour dans la capitale, l'évêque Germain conseille à Childebert de bâtir une église entourée d'un monastère qui accueillera ces trésors ; ils y seront exposés afin que les fidèles viennent les vénérer. Le roi décide alors de construire une abbatiale à la gloire de saint Vincent et choisit de l'édifier en bordure de Seine, face à la Cité.

Les bâtiments en sont magnifiques : décors de mosaïques, arcades romanes, peintures à fond d'or, toiture de cuivre qui répand une lumière dorée. Ébloui par sa splendeur, le bon peuple de Paris la nommera plus tard Saint-Germain-le-Doré. La fameuse tunique de saint Vincent attire de nombreux pèlerins.

Curieux prélat, ce Germain d'Autun. Né en 496 dans cette ancienne capitale de la Gaule, il est un érudit, un homme de science. On lui prête certains dons divins comme celui de guérir les malades en leur faisant absorber de l'eau bénite ou en leur administrant quelques signes de croix. Nommé et sacré évêque de Paris, Germain continue de mener une vie de contemplation, de jeûne et de charité. Devant cet exemple édifiant, Childebert brise sa vaisselle d'or et d'argent et la distribue aux pauvres.

Afin d'assurer l'existence et l'entretien de l'abbaye, le roi procède à d'importantes dotations territoriales ; la plus grande partie de la rive gauche lui revient. En quelque temps, elle devient l'une des plus riches abbayes de France.

Après la mort du bienheureux Germain, en 576, la basilique, qui portait le nom de Sainte-Croix-et-Saint-Vincent, prend celui du vertueux évêque Germain auquel on ajoute « des prés » pour la distinguer de Saint-Germain-l'Auxerrois et de Saint-Germain-le-Vieux. Elle ne fera que se développer.

1628. On parle d'agrandir Paris et d'absorber le faubourg Saint-Germain. Grand émoi chez les religieux. Il a pourtant été décrété que le faubourg et l'abbaye bénédictine sont « une ville distincte et séparée de Paris qui a sa juridiction particulière aussi bien pour le spirituel que pour le temporel ». Raison est donnée aux représentants de Dieu. L'alerte a été chaude ! Le faubourg s'enrichit de l'hôtel de la reine Marguerite, de la maison des frères de la Charité, de celle des jésuites et des frères de l'ordre.

Lorsque le mouvement de la réforme des abbayes bénédictines se manifeste, au XVIIe siècle, la Congrégation de Saint-Maur s'établit à Saint-Germain-des-Prés.

Le faubourg poursuit son développement : un hôpital s'ouvre rue de Sèvres ; les chanoinesses de Saint-Augustin s'installent rue Saint-Dominique ; les bernardines de Sainte-Cécile rue de Babylone. Des constructions s'élèvent de toutes parts, hôtels, maisons de rapport et riches demeures, et l'abbaye suit le mouvement en construisant de nouveaux bâtiments. Charlemagne ouvrira l'abbaye aux écoliers et appellera maîtres et savants à Saint-Germain-des-Prés. À sa mort, elle deviendra un centre intellectuel important, un foyer rayonnant des arts et des lettres. L'entrée du monastère s'effectue désormais par la rue Sainte-Marguerite qui deviendra le boulevard Saint-Germain.

Autorisée en 1482 par Louis XI, et établie sur un terrain appartenant à l'abbaye, la foire Saint-Germain a immédiatement rencontré un succès sans précédent. Princes et rois viennent, jusqu'à la Révolution, assister aux spectacles de ses théâtres et chiner chez ses antiquaires.

C'est à la foire Saint-Germain que naît le théâtre de l'Opéra-Comique qui sera réuni à la Comédie-Italienne, à l'Hôtel de Bourgogne, où la Comédie-Française trouve asile. Durant près d'un siècle, les tréteaux de la foire sont le creuset de l'activité littéraire et dramatique. Paradoxe que cette curieuse complicité des moines et des comédiens ! La Grange, qui a permis à la troupe de Molière de s'établir au cœur de Saint-Germain, meurt en paix avec l'Église ; ses somptueuses funérailles à Saint-André-des-Arts, auxquelles assistent un millier de personnes, montrent l'évolution des rapports entre l'Église et les comédiens. Bel hommage dont son maître Molière aura été privé. Dancourt, auteur dramatique et comédien, semble tout désigné pour succéder à la tête de la troupe.

La foire Saint-Germain voit aussi l'ouverture du premier café. L'importation en France des fameuses graines donnant le noir breuvage est un événement capital. Introduit à Paris en 1657, le café n'est alors connu que d'un petit cercle d'amateurs. Un Arménien nommé Pascal sera le premier créateur d'une « maison de café ». Pour tenir son établissement, il engage un Palermitain de vingt-deux ans : Francesco Procopio dei Coltelli.

Au départ de Pascal pour Londres, Francesco, se retrouvant sans travail, s'associe avec un certain Logerot et loue un emplacement à la foire. En 1684, devenu maître distillateur, il s'installe rue de Tournon pour vendre du café en grains, en poudre et en boisson. Mais il rêve d'un tout autre établissement : il découvre alors un local rue des Fossés-Saint-Germain, abat murs et cloisons afin de créer de vastes salles bientôt ornées de tapisseries et de miroirs, éclairées de lustres de cristal, meublées de tables de marbre et de sièges confortables. Le Procope ouvre ses portes en 1689. Le bruit se répand dans tout Paris : un endroit calme et raffiné sert cafés, liqueurs et friandises diverses. Tout en jouant aux échecs, en « poussant du bois » comme on dit alors, les habitués du Procope engagent des discussions philosophiques, discussions passionnées qui durent des heures entières et qu'on reprend le lendemain. L'abbé Pierre François Guyot Desfontaines, dans son *Dictionnaire néologique* de 1726, affirme que l'une d'entre elles ne dura pas moins de onze mois !

François Procope a l'aubaine de voir bientôt les comédiens du roi installer leur théâtre juste en face de sa maison de café. Le 18 avril 1689, la Comédie-Française ouvre ses portes avec la représentation de *Phèdre* et du *Médecin malgré lui* : c'est un triomphe. Après le spectacle, le Procope est envahi par le public venant commenter cette première. Désormais, tous les soirs, on viendra discuter de théâtre au Procope. Voltaire ne manque jamais d'y venir quand il présente une pièce à la Comédie-Française. Ainsi, à l'issue de la deuxième représentation de sa *Sémiramis*, débarque-t-il un soir au café coiffé d'une perruque d'emprunt, vêtu de la défroque de l'abbé de Vieilleville et le nez chaussé de besicles ; sous ce déguisement, il feint d'être très absorbé dans la lecture d'une gazette. Mais, attablé au centre de la salle, il ne perd pas un mot de ce que disent Fréron et ses amis sur sa pièce et prépare sa riposte.

En 1770, la Comédie-Française quitte la rue des Fossés-Saint-Germain. Ce déménagement va-t-il porter un coup fatal au Procope ? Il n'en est rien. Les discussions qui se déroulaient à l'issue des représentations ne font plus l'essentiel des conversations. L'éveil du patriotisme et les controverses provoquées par les plans de Necker et de Calonne préoccupent bien davantage les clients.

Tout au long du XVIIIe siècle, le Procope représente un véritable carrefour des idées : on s'informe en lisant *La Gazette* et *Le Mercure galant*, on débat des événements politiques et sociaux. Il devient ainsi le quartier général de Buffon, d'Alembert, Grimm, d'Holbach, l'abbé Morelet, Marmontel, Rousseau, Sedaine, enfin tous ceux que l'on appelle les philosophes.

Quand éclate la Révolution, la constitution civile du clergé chasse les ecclésiastiques et supprime privilèges et franchises liés au domaine de l'abbaye de Saint-Germain-des-Prés. Tous les bâtiments de l'ancien monastère seront vendus comme biens nationaux : la forteresse bénédictine, foyer d'enseignement confessionnel et témoin de l'Ancien Régime, est condamnée à disparaître.

L'Assemblée nationale abroge les ordres monastiques par décret du 13 novembre 1789. La congrégation de Saint-Germain est dissoute. Un inventaire des richesses de l'abbaye, biens mobiliers et immobiliers, est établi ; l'ensemble est réquisitionné, les scellés sont posés. Le monastère est interdit. L'abbaye devient une maison commune où se réunissent les assemblées, notamment celle du tiers état du quartier. Un matin de 1792, alors que Danton fait sa partie de cartes quotidienne, trois hommes entrent au Procope : ce sont Julian, Dubuisson et Ducroquet, coiffés de bonnets rouges. « Que penses-tu, citoyen Danton, de ce bonnet phrygien qui coiffait Pâris ? » s'écrie Julian. Danton le regarde puis, se remettant à jouer, bougonne : « Si cette coiffure n'allait pas mieux au berger Pâris qu'à toi, je doute que la belle Hélène ait voulu le suivre à Troie. » Quelques jours plus tard, ce bonnet deviendra l'emblème de la France républicaine.

Tous les principes révolutionnaires seront proclamés sous les voûtes de l'église abbatiale et les citoyens et citoyennes de Saint-Germain-des-Prés viendront prêter le serment civique devant les autels puis entonneront le *Te Deum*. Une étrange alliance du profane et du sacré qui précède les massacres, le viol des tombes royales comme les incendies délibérés.

Le 2 septembre 1792, aux portes de l'abbaye transformée en prison, trois cent dix-huit personnes sont assassinées comme le seront plusieurs bénédictins de Saint-Germain-des-Prés réfugiés au couvent des Carmes de Vaugirard. L'église close en novembre devient une fabrique de salpêtre et un atelier de fabrication d'armes. Dans le cloître, les forges sont alimentées par le dépôt de charbon installé dans le palais abbatial. À court d'argent, on saisit le trésor de l'abbaye. Dans la cour du Commerce, à deux pas du Procope, les passants observent l'édification d'une curieuse machine. La tête d'un mouton est passée dans une lunette semi-circulaire, puis, sur simple pression d'un bouton, une lame triangulaire tombe et sectionne le cou de l'animal avant qu'il n'ait le temps de pousser un cri. Un essai si concluant qu'un troupeau entier y passera. Cette machine est attribuée au docteur Guillotin, habitant de la cour du Commerce. D'abord appelée la « Louison » ou la « Louisette », elle prend le nom de guillotine et fonctionne pour la première fois le 25 avril 1792.

Une explosion bientôt suivie d'un incendie auront raison de la chapelle gothique de Pierre de Montereau. Le sinistre épargnera de justesse la bibliothèque dont les manuscrits antiques, les correspondances et les archives seront transportés à la Bibliothèque nationale en 1795. Quatre ans plus tard, des fouilles mettront au jour des tombeaux, et la pioche des démolisseurs succédera aux pillages : ainsi disparaîtront le cloître gothique, le dortoir et la salle du chapitre situés au coin de la place Saint-Germain-des-Prés et de l'actuelle rue de l'Abbaye.

Un nouveau quartier

Suite à la loi révolutionnaire sur la liberté des théâtres, la foire Saint-Germain perd toute exclusivité et périclite. Ses terrains deviennent la propriété de la Ville de Paris par un décret impérial du 7 avril 1806 ; en 1811, tout est détruit et le sol surélevé. Les architectes Blondel et Lusson construisent alors entre 1813 et 1818 un grand marché couvert : le marché Saint-Germain.

Sur les ruines de la puissante abbaye bénédictine de Saint-Germain-des-Prés, foyer spirituel, intellectuel et littéraire, renaît bientôt au XIXe siècle un autre quartier, un village particulier voué à la curiosité, à l'édition, aux librairies, aux cafés littéraires, aux bouchons et aux tavernes, repaires de la bohème dont les fantômes hantent encore aujourd'hui le quartier.

Fixer les frontières de ce village intra-muros est malaisé et frustrant : elles sont mobiles

« autant que celles du cœur ». Bon nombre d'historiens ont tenté d'en préciser les limites, mais sans y parvenir, tant il est délicat d'éliminer une artère voisine de l'étroit quadrilatère qui, en principe, se présente ainsi : au nord, la Seine, au sud, le boulevard Saint-Germain ; à l'est, la rue Dauphine et, à l'ouest, la rue des Saints-Pères sise entre la Seine et le boulevard Saint-Germain. Les rues comprises entre la rue Dauphine et la place Saint-André-des-Arts, adjointes au cours du XVIIe siècle à la paroisse de l'abbaye, ainsi que les abords du théâtre de l'Odéon, peuvent être considérés comme appartenant à notre Saint-Germain-des-Prés.

Après la période révolutionnaire et celle du vandalisme des urbanistes de Bonaparte, c'est un nouveau quartier qui apparaît : écrivains et artistes y reviennent, tant ils éprouvent à son égard un attachement singulier. Sans doute ce coin de Paris a-t-il conservé l'atmosphère et l'esprit qui l'ont animé depuis plus de dix siècles. Les intellectuels, les peintres viennent vivre ici, dans ce petit périmètre voisin de l'opulent faubourg Saint-Germain.

L'école des Beaux-Arts logée dans le couvent des Petits-Augustins a chassé le musée des Monuments français installé durant la Révolution dans le couvent. Elle attire un nombre considérable d'artistes qui participent à une sorte de renaissance, cet art vivant, cette « modernité » selon Baudelaire. Delacroix et Ingres dirigent cette révolution picturale, puis ce sera à Manet d'ouvrir la voie à l'impressionnisme.

Il est décourageant de tenter de dresser la liste des habitants célèbres qui ont fait la gloire du quartier. Au fil de son histoire, les rencontres s'enchaînent, inéluctables ou fortuites, au gré des événements, ponctuant les plaisirs et les jours de Saint-Germain-des-Prés.

Rue des Marais-Saint-Germain, aujourd'hui rue Visconti, demeurent Racine, la Clairon, et l'acteur Mounet-Sully. C'est là que Balzac se ruine en montant son imprimerie.

Rue Jacob séjournent Wagner, Laurence Stern et Adrienne Lecouvreur, en face de son amant Maurice de Saxe, dans un hôtel plus tard habité par Natalie Barney.

Place Furstenberg est installé l'atelier de Delacroix.

La rue Saint-Benoît est chère à Léo Larguier.

Rue des Saints-Pères, habite Remy de Gourmont et rue de Seine, George Sand. La rue des Beaux-Arts abrite Mérimée, Nerval, Corot et

Fantin-Latour ; Oscar Wilde y mourra misérablement en 1900, à l'Hôtel d'Alsace. La cour du Commerce-Saint-André-des-Arts voit passer Sainte-Beuve et Baudelaire.

Manet voit le jour rue Bonaparte ; Auguste Comte y réside. Et rue de l'Université mourra Alphonse Daudet.

En 1848, un cuisinier ouvre au coin de la rue de Tournon et de la rue de Vaugirard, face au palais du Luxembourg, un établissement qu'il baptise de son patronyme : Foyot. Le restaurant devient bientôt le rendez-vous des sénateurs, des écrivains et des journalistes. Ses spécialités le rendent célèbre : la côte de veau Foyot, les pigeons Foyot ou les pommes Ernestine. À sa table dîneront, entre autres, Zola, les frères Goncourt, Tourgueniev et Réjane. Il sera démoli en 1937 pour permettre l'élargissement de la rue de Vaugirard.

Le percement du boulevard Saint-Germain, entre le boulevard Saint-Michel et la place de la Concorde, est ordonné par le décret du 28 juillet 1866 ; les travaux seront achevés en 1877. Ces importants travaux appartiennent à l'histoire de l'urbanisme parisien entrepris par Haussmann, travaux qui, durant plus de quarante années — de 1848 à 1889 —, transformeront la capitale.

L'immeuble de la Société de géographie, situé au 184, boulevard Saint-Germain, offre une façade classique ornée dans sa partie supérieure de pilastres corinthiens. Au-dessus de la porte, deux cariatides et un globe terrestre, dus au ciseau d'Émile Soldi, sont les seuls éléments décoratifs de cette construction typique du nouveau boulevard en cette fin du XIXe siècle. Les études en sont confiées à l'architecte Leudière qui réalise en sept mois un bâtiment cossu de quatre étages, inauguré le 2 septembre 1878. La Société de géographie n'a jamais quitté Saint-Germain-des-Prés depuis sa fondation, le 15 décembre 1821 : elle s'est établie successivement 12, rue Taranne, 36, passage Dauphine, 23, rue de l'Université, 3, rue Christine, et enfin boulevard Saint-Germain. Une telle fidélité a certainement permis aux sociétaires d'acquérir de bonnes notions de la géographie du quartier !

Lorsque la Société de géographie prend possession de ses nouveaux locaux, le Flore existe depuis huit ans au 172 du boulevard ; les Deux Magots et la Brasserie Lipp ouvriront quelque deux ans plus tard.

À la fin de l'Empire, l'administration poursuit la location des emplacements à l'usage des éventaires des bouquinistes et des libraires, sous les arcades du Théâtre de l'Odéon. C'est là que débute la saga Flammarion. Ernest Flammarion, employé à La librairie Didier et Cie, quitte son emploi après sept années d'apprentissage : il désire s'associer avec Charles Marpon, établi sous les arcades de l'Odéon. Devant les tergiversations de ce dernier, Ernest Flammarion se propose comme simple employé. Il devient bientôt son associé le 24 juin 1875.

Dans les années 1880, la Librairie Marpon & Flammarion devient non seulement l'une des plus prospères de Paris mais se double aussi d'une maison d'édition qui publie des auteurs prestigieux, Hugo, Zola, Michelet et Daudet. Sous les arcades de l'Odéon défile toute l'élite de la littérature d'alors, de Baudelaire à Zola, qui fréquente les cafés et les restaurants du quartier : le Tabourey, le Voltaire, le Procope et Foyot.

Poètes et peintres symbolistes affluent au Café Voltaire. Mallarmé préside les banquets et les soirées qui y sont organisés. Les fidèles se nomment Paul Verlaine, Charles Morice, Alfred Natanson, James Whistler, Francis Vielé-Griffin et Stuart Merrill.

Au lendemain de la Commune, Verlaine poussera aussi la porte du Voltaire pour y siroter son absinthe avec les poètes Albert Mérat et

Léon Valade. Après les jours de vagabondage en compagnie de Rimbaud et les nuits passées sur la paille humide des cachots belges, le pauvre Lélian adoptera le café de la place de l'Odéon afin d'y retrouver ses amis.

Habitué du café Voltaire, Courteline arrive un jour en compagnie de Catulle Mendès. Apercevant Verlaine, il tient à lui témoigner sa profonde admiration : le poète et l'humoriste sympathisent alors en vidant quelques verres. Au moment de se séparer, Courteline appelle un fiacre dans lequel il hisse Verlaine sérieusement éméché. Oui, mais Verlaine a oublié le numéro de la rue du faubourg Saint-Antoine où il habite. « Voyons, mon cher maître, tâchez de vous souvenir. Numéro 1 ? Non. Numéro 2 ? Non. » Le dialogue risque de s'éterniser : Verlaine demeure au 195 ! Le cocher perdant patience déclare qu'il n'écoutera pas davantage ces deux pochards et, d'un coup de fouet, disparaît dans la nuit.

Le Café Voltaire tire son nom de la rue Voltaire, aujourd'hui rue Casimir-Delavigne. Cette raison sociale a autorisé certains à imaginer que l'auteur de *Candide* l'avait jadis fréquenté. Et une légende ancienne rapporte que les encyclopédistes se réunissaient chez Diderot dans une maison voisine. Rendez-vous, à la fin du XIXe siècle, des félibres, de Charles Maurras, et des symbolistes, le Voltaire devient l'antichambre du *Mercure de France* : fondé par Alfred Vallette — l'époux de Rachilde —, il regroupe, entre autres, Remy de Gourmont, Jules Renard, Laurent Tailhade et Charles Morice. Le premier numéro du *Mercure*, daté du 1er janvier 1890, paraît le jour de Noël 1889. Ses bureaux, d'abord installés rue de l'Échaudé, sont transférés, en 1905, au 26 de la rue de Condé, à deux pas de la place de l'Odéon. Au Voltaire, il n'est ainsi pas rare d'apercevoir Vallette recevant des auteurs.

En publiant l'*Astronomie populaire* de Camille Flammarion, Ernest participe au triomphe de son frère mais procure encore à sa maison prestige et renommée. Flammarion fera l'acquisition d'un immeuble au 26, rue Racine, pour y installer une imprimerie et un bureau de réception pour auteurs et fournisseurs.

Charles Marpon disparu le 25 juin 1890, Ernest dirigera seul l'affaire jusqu'à sa retraite en 1919. Quant aux échoppes des galeries de l'Odéon, elles subsisteront jusque dans les années 60.

Dans *Paris vécu, rive gauche*, Léon Daudet se souvient : « Autour de l'Odéon, ainsi cuirassé de bouquins se tiennent les fameuses galeries de la librairie Flammarion. Elles sont liées pour moi à bien des rendez-vous avec de jeunes personnes peu farouches et aussi à mon premier succès, *Les Morticoles* (1894). Je n'osais pas m'informer, le volume ayant paru depuis quinze jours. Les vendeurs, qui me connaissaient, me firent signe de loin et l'un d'eux me cria : "Gros succès !" En effet, une pile de volumes jaunes, où se détachait mon titre, dépassait l'étalage, dominant quelques rares exemplaires de *La Maison de la vieille* de Mendès parue la même semaine. »

Contrairement à la librairie Flammarion où l'on compulse debout les nouveautés, celle d'Honoré Champion, installée quai Voltaire, est une librairie à chaises. Les habitués y ont leur place. La plupart d'entre eux participent à la vie de la librairie, chacun apportant ses connaissances en littérature, en histoire ou en généalogie. Discussions et allées et venues ne troublent en rien le travail d'Honoré Champion, libraire exemplaire. Son fils Pierre lui succédera. Dans son ouvrage *Mon vieux quartier*, il consignera ses souvenirs sur l'entreprise familiale et sur la vie du Saint-Germain-des-Prés d'antan.

Les premiers cafés

Après la Révolution et l'Empire, le Procope retrouve son animation d'autrefois. Alfred de Musset vient y boire son absinthe, Théophile Gautier et George Sand s'y attardent avant de se rendre aux dîners Magny, rue Contrescarpe-Dauphine. On y croise aussi Balzac, puis ce jeune étudiant de Cahors qui scandalise la tranquille clientèle du Café Voltaire : Léon Gambetta. Sa voix sera la dernière à résonner sous les lustres de cristal avant la fermeture du Procope en 1872.

Dans *L'Univers illustré*, Anatole France raconte, sous le pseudonyme de Gérôme, la longue histoire de ce célèbre café. Une oraison funèbre dans laquelle il évoque les jours anciens passés à la table de Voltaire.

En 1890, le Procope est vendu aux enchères. Acquis par la baronne Thénard, il est loué en 1893 à Théo Bellefonds, fils de libraire, homme fin et cultivé, qui redonnera au café de la rue de l'Ancienne-Comédie le prestige que lui confère la tradition. Dans le bail, la propriétaire stipule que le café devra conserver son caractère et que le superbe balcon en fer forgé ornant la façade sera préservé — clause à laquelle le nouveau locataire acquiesce avec empressement.

Sous cette nouvelle direction, le Procope retrouve rapidement sa vocation première. Il donne asile à des cercles littéraires et intellectuels ainsi qu'aux réunions de la Société artistique du VIe arrondissement.

Poètes et écrivains s'y réunissent : Laurent Tailhade, Paul Verlaine, Joris-Karl Huysmans, Paul Arène et Oscar Wilde. Les dîners sont animés par les poètes chansonniers Xavier Privat, Gaston Dumestre et Pierre Trimouillat. Une soirée théâtrale de gala est offerte à Verlaine, une autre est donnée en l'honneur de Frédéric Mistral par l'école félibréenne de Maurras.

Un journal, *Le Procope*, est créé : neuf numéros paraîtront entre 1893 et 1895. Hélas ! les lettres se portent mieux que le chiffre d'affaires. En 1900, Bellefonds ne peut continuer à faire vivre son cher Procope. De nouveau fermé, il est vendu aux enchères pour trois millions de francs.

Tout autre est l'histoire de l'établissement des Deux Magots. S'il peut sembler singulier qu'un café de Saint-Germain-des-Prés prenne pour enseigne deux magots chinois, il est en revanche légitime qu'un magasin de nouveautés faisant commerce de lingerie en soie adopte un tel emblème, évocation du pays d'origine de la précieuse étoffe.

Très couru au XIXe siècle, Balzac le décrit ainsi dans son *Dictionnaire critique et anecdotique des enseignes de Paris* : « Vous avez été bien chiche, M. le peintre ; comment donc ne peindre que deux magots, quand [...] c'est l'un des magasins les plus achalandés de la capitale. On y a compté jusqu'à trente commis ; il n'y en a plus que vingt-huit maintenant ; cherchez les deux autres. »

Fondée en 1812, la boutique Aux Deux Magots est installée 23, rue de Buci, à l'angle de la rue de Seine. Elle tire sans doute son nom d'une pièce de boulevard à succès, *Deux Magots de la Chine*, d'un certain Sewrin, alors jouée au Théâtre des Variétés. Son enseigne, un grand tableau figurant deux Chinois lutinant une jeune Chinoise de fantaisie, est due à Abel de Pujol.

Dans *Le Petit Pierre*, Anatole France se souvient : « Ma mère qui était du boulevard Saint-Germain allait aux Deux Magots et au

Petit Saint-Thomas. Les Deux Magots a disparu et peut-être suis-je le seul au monde à me rappeler la grande peinture à l'huile qui y servait d'enseigne et représentait une jeune Chinoise entre deux de ses compatriotes. »

Les Deux Magots devient bientôt populaire dans tout Paris et ses affaires très prospères. Le 27 décembre 1818, Désabie acquiert l'immeuble dont il n'est que locataire et s'agrandit peu à peu en achetant ceux qui sont voisins, aux n°s 17 et 19 de la rue de Buci. Vers 1840, il cède son fonds de commerce mais demeure propriétaire. Vingt ans plus tard, les affaires tendent à décliner : la création des grands magasins porte vraisemblablement ombrage aux Deux Magots.

En 1873, les nouveaux propriétaires tentent de les relever en les transférant place Saint-Germain-des-Prés ; ils n'y réussissent pas davantage et le magasin périclite. Après l'incendie des grands magasins du Printemps, le 9 mars 1881, son directeur Jules Jaluzot installe provisoirement le service d'expédition aux Deux Magots. À son départ il laisse la place à un « café liquoriste » qui reprend le nom de « Aux Deux Magots ».

Le Café des Deux Magots dispose d'un emplacement de choix. Mais il devra faire face à un rival établi quelques années avant lui, en 1870, à l'angle de la rue Saint-Benoît et du boulevard : le Café de Flore.

Le tableau d'Abel de Pujol a malheureusement disparu, le cadre et la toile en mauvais état ont dû être détruits. France n'évoque pas les deux statues posées sur des socles fixés en équerre sur l'une des colonnes du café ; elles ne datent sans doute pas de l'époque de la fondation de la boutique — *Le Petit Pierre* les aurait signalées. Elles ont donc été probablement sculptées pour le nouveau magasin ou pour le nouveau café.

Fondé, quant à lui, en 1870, le Flore doit son nom à une statue de la déesse de la Végétation placée au-dessus de la porte du café — aujourd'hui disparue. Flore, divinité qui préside à l'épanouissement du printemps, se virilise à Saint-Germain-des-Prés. On va « au » Flore en se gaussant de la botanique, dans ce haut lieu où l'on cultive davantage les fleurs de rhétorique.

À la fin du Second Empire, c'est un établissement paisible. J.-K. Huysmans et Remy de Gourmont l'adoptent après la fermeture du café Caron, à l'angle des rues de l'Université et des Saints-Pères, où ils ont leurs habitudes. Huysmans y déguste sa boisson favorite, l'authentique *bitter* hollandais.

Pourquoi vont-ils au café ? « On y va pour causer, pour échanger des idées avec d'autres humains, écrit Gourmont. Le café, dans le monde moderne, joue le rôle que jouait l'agora dans la cité antique. Il est à la fois le lieu de rendez-vous et le lieu d'échange. »

À propos d'un autre établissement, le Vachette, Jean Moréas explique ce qu'est pour lui « aller au café » : « Autrefois j'y arrivais à huit heures du matin et n'en sortais qu'à cinq heures du matin le lendemain. Voilà qui s'appelle aller au café. »

Charles Maurras passe en voisin de la rue du Dragon pour y rencontrer Henri Vaugeois et Maurice Pujo. Il déteste les brasseries à l'agitation trépidante, et sa surdité le contraint à éviter les cafés à l'ambiance tumultueuse. Ici, en toute quiétude, en 1899, il constituera avec ses amis une ligue d'Action française. Depuis le Flore, son état-major dépêchera des agents de liaison dans les divers lieux de rassemblement intellectuel et littéraire où ils seront susceptibles de recruter des néophytes — notamment à la Closerie des Lilas où les jeunes gens s'interrogent très sérieusement pour décider s'ils seront anarchistes ou royalistes.

Non loin de là, à la fin de l'année 1880, un certain Léonard Lipp prend possession d'un local au 151, boulevard Saint-Germain. Après la défaite de Sedan, cet Alsacien se refuse à devenir allemand : il s'installe alors à Paris où il obtient un bail pour exploiter une brasserie ; afin de montrer son attachement à sa province perdue, il baptise son établissement la « Brasserie des Bords du Rhin ». La clientèle est composée d'étudiants à l'école des Beaux-Arts, de poètes renommés mais aussi d'autres bohèmes plus francs buveurs que bons rimeurs.

Mais, en cette fin du XIXe siècle, un autre café joue un rôle important : le Voltaire.

Sous le Second Empire, la clientèle des gens de lettres lui préfère encore le Procope et le Café du Luxembourg — devenu le Tabourey. Situé à l'angle des rues Rotrou et de Vaugirard, ses fidèles se nomment Baudelaire, Théodore de Banville et la famille Hugo. Plus tard, les parnassiens, attirés par la présence de leur chef de file Leconte de Lisle, alors bibliothécaire du Sénat voisin, adopteront le Tabourey. Et l'avant-garde ne s'arrête pas au Voltaire, qui n'est pas dans le vent de la nouvelle poésie.

Le Voltaire est un lieu paisible et agréable : professeurs et étudiants viennent y fumer la pipe et le cigare au premier étage — avant 1860, il est interdit de fumer dans les salles du rez-de-chaussée. L'éditeur Charpentier, dont la mort de Musset a, paraît-il, fait prospérer les affaires, se rengorge au milieu de cette foule estudiantine. Delacroix, qui a quitté son atelier montmartrois pour celui de la place Furstenberg, se rend ici en voisin.

Un beau jour Jules Vallès entre au Voltaire pour y cracher son mépris, d'une voix tonitruante, contre le divin Homère. Quel éclat dans ce lieu où l'on ne parle qu'à voix basse ! Quel vacarme ! Un vent de révolte souffle alors sur le vénérable établissement. C'est aussi un esprit nouveau qui, peu à peu, va s'infiltrer dans le café de la place de l'Odéon. Celui d'une jeunesse qui conteste le régime, qui peste contre cet Empire à la prospérité voyante et douteuse, qui tient ses assises dans les cafés.

Vallès n'est pas le seul à couvrir les chuchotements des conversations du Voltaire ; un jeune avocat commence à faire parler de lui. Sa table est une véritable tribune autour de laquelle se rassemblent ses admirateurs. C'est Léon Gambetta.

La présence de Vallès attire aussi des journalistes républicains, Eugène Vermesch qui réédite *Le Père Duchesne* de Jacques Hébert et Raoul Rigault qui publie un virulent pamphlet, *Le Grand Complot*. Ils occuperont un rôle majeur durant la Commune.

Les cafés accueillent aussi nombre de dîners littéraires. Auguste Lepage en compte près de quarante, en 1884, dans *Les Dîners artistiques et littéraires de Paris*. Ils se poursuivent encore de nos jours. Plusieurs de ces agapes vespérales ont réuni au cours du XIXe siècle, à Saint-Germain-des-Prés, les figures les plus marquantes des lettres et des arts. Au Fleurus, au Procope, chez Magny et au Voltaire, on se retrouve toutes les quinzaines ou tous les mois entre écrivains, poètes, peintres, ou originaires d'une même région.

Au 3 de la rue Mazet (ancienne rue Contrescarpe-Dauphine, qui joint la rue Saint-André-des-Arts à la rue Dauphine) sont nés le 22 novembre 1862 les célèbres dîners Magny : ils réuniront, deux fois par mois, pendant dix ans, les plus grands écrivains de la fin du siècle : Théophile Gautier, Gustave Flaubert, Sainte-Beuve, Charles Edmond, Alexandre Dumas fils et George Sand.

Le samedi 22 novembre 1862, les Goncourt notent dans leur *Journal* : « Gavarni a organisé avec Veyne, le médecin de la bohème, et Chennevières, nous et Sainte-Beuve, un dîner, deux fois par mois, qui doit s'élargir comme convives. C'est aujourd'hui l'inauguration de cette réunion et le premier dîner chez Magny. »

Le 28 avril 1863, Théophile Gautier écrit à Jules de Goncourt : « Monsieur et cher maître, j'ai l'honneur de vous annoncer que vous avez été reçu hier soir, à l'unanimité, membre des dîners de Magny. »

Modeste Magny, venu chercher fortune à Paris, débute comme plongeur ; puis, en 1842, il s'installe à son compte en achetant au n° 3 de la rue Contrescarpe-Dauphine le fonds d'un débit de vin. Il se flattera de recevoir Rossini comme premier client.

Ce n'est tout d'abord qu'un petit restaurant bon marché fréquenté par les étudiants. Le boulevard Saint-Michel n'existe pas encore ; le centre de la vie estudiantine se concentre rue de l'Ancienne-Comédie. Magny soigne le décor de son établissement : avec deux salles et sept cabinets particuliers, il a pour ambition de servir une clientèle plus aisée. Il concocte alors des plats de qualité, affine le service de table, augmente ses tarifs et ne tarde pas à se faire connaître dans le milieu des gastronomes parisiens. L'avènement du Second Empire lui apporte la prospérité.

Le médecin François-Auguste Veyne, instigateur des dîners Magny, interne à la Salpêtrière, soigne artistes et écrivains, Gavarni, Champfleury, Courbet, Nadar et Murger. La participation à ces dîners répond à un certain rituel. La cooptation s'effectue après un vote de l'ensemble de ses membres. Gustave Flaubert ne manque pas un des dîners Magny, quand il abandonne sa thébaïde de Croisset, où il travaille dix heures par jour, pour se distraire à Paris. Le 12 février 1866, une femme est admise aux dîners Magny. Elle fait son entrée au bras de Gustave Flaubert : c'est George Sand.

Ces dîners ont ainsi constitué le rendez-vous le plus littéraire de Saint-Germain-des-Prés. La rue Mazet, aujourd'hui, n'offre que peu d'intérêt. Il ne reste aucune trace du restaurant.

Un branle-bas littéraire pour inaugurer le XXe siècle

La Nouvelle Revue française doit son titre à Eugène Montfort, éditeur et directeur de la revue *Les Marges*. Critique littéraire et homme d'expérience, Montfort est chargé de la direction de la nouvelle revue. *Les Marges* et *L'Ermitage* ayant cessé de paraître, le moment est donc propice pour lancer *La NRF* — c'est par ses initiales qu'on la nomme. Un rapprochement s'est opéré entre les collaborateurs des défuntes revues : ils sont donc désormais disponibles. Mais quand le numéro 1 sort, en date du 15 novembre 1908, c'est la consternation pour la majorité des fondateurs. « De la première à la dernière ligne, raconte Copeau, il [Montfort] affichait des tendances violemment opposées à celles qui étaient les nôtres. Ce fut la rupture. »

Léautaud, dans son *Journal littéraire*, le vendredi 4 décembre 1908, écrit : « *La Nouvelle*

Revue française est déjà finie pour lui [Montfort]. À ces mots je l'ai tout de suite arrêté, pour lui dire que j'ai prévu cela dès le soir qu'il m'en a parlé, et les raisons. "Gide ?" ai-je dit. C'est bien Gide. Voici comment. Le premier numéro de *La NRF* contenait un article élogieux sur D'Annunzio par Marcel Boulanger, et à la revue des Revues un extrait d'un article de Jean-Marc Bernard sur Mallarmé relatif à l'impuissance littéraire de Mallarmé [...]. Gide, selon Montfort, s'est montré très mécontent et de l'article et de l'extrait, disant qu'il ne peut accepter qu'on louange D'Annunzio et qu'on critique Mallarmé dans une revue dont il est un des fondateurs et un des membres du comité de rédaction. De là, le départ de Montfort qui emmène avec lui les deux bons tiers des autres collaborateurs. »

Ce numéro 1 ne sera pas diffusé et c'est le numéro 2, daté du 1er février 1909, qui sera pour les lecteurs le numéro 1.

André Gide donne à la revue la première partie de son ouvrage *La Porte étroite* tandis que Jean Schlumberger, Lucien Jean, Jean Croué, Michel Arnauld ainsi que les rubriques et les chroniques marquent par leur ton nouveau ce que l'on appellera désormais « l'esprit NRF ».

Sous l'influence de Jacques Copeau, la NRF envisage de fonder un théâtre afin de réagir contre la médiocrité des spectacles d'alors, en prônant le retour à la tradition classique. Copeau est bien sûr tout désigné pour en prendre la direction : ce critique dramatique désire débarrasser le théâtre des accessoires inutiles qui masquent la beauté des grands textes, et tient à recruter des comédiens à qui il inculquera ses principes. L'un de ses amis, Charles Dullin, se met à la recherche d'une salle sur la rive gauche : il découvre, rue du Vieux-Colombier, l'Athénée-Saint-Germain, qui est immédiatement rebaptisé Théâtre du Vieux-Colombier. Gaston Gallimard en est l'administrateur. La première représentation a lieu le 23 octobre 1913 : il s'agit d'*Une femme tuée par la douceur* de Thomas Heywood, et de *L'Amour médecin* de Molière. Une date majeure dans l'histoire théâtrale.

1911. Un scandale met le Flore en ébullition : on a volé la *Joconde* ! Guillaume Apollinaire est soupçonné. Le poète n'a pourtant manifesté jusqu'ici qu'une admiration réservée pour le tableau du grand Léonard. Il est en outre accusé d'avoir favorisé les vols de son secrétaire, un déserteur belge à demi fou qui s'est emparé de statuettes phéniciennes au Louvre.

« Bien sûr que Guillaume Apollinaire ne croyait pas un garçon de tout repos ce Gery-Pieret, secrétaire bénévole, accueilli, recueilli pour son pittoresque loufoque et qui fournissait le bon modèle d'un personnage de quelque conte à coudre aux pages d'*Hérésiarque & Cie*. Qui sait si Guillaume n'avait pas comme moi-même, loin des œuvres de police jusqu'à l'anticivisme, entendu cet abruti de Gery-Pieret, pour une fois homme d'esprit, dire à la charmante Marie Laurencin : "Mademoiselle Marie, je vais au Louvre… Il ne vous faut rien ?" » raconte André Salmon dans *Souvenirs sans fin*.

Le brigadier Robert perquisitionne dans l'appartement du poète, rue Gros, et se saisit de son importante correspondance. Aidé de son assistant, il étudie méticuleusement cette masse de lettres avec une si parfaite rigueur qu'Apollinaire, qui n'a pourtant pas le cœur à rire, dit à Salmon : « Sans Robert, jamais mes lettres n'auraient été classées. » Après ce scandale, Apollinaire demeure persuadé qu'il ne pourra plus écrire nulle part. Ses amis, les journalistes et poètes Salmon, Billy, René Dalize et André Tudesq, réunis au Flore, décident de fonder une revue, les *Soirées de Paris*… « pour le salut spirituel de Guillaume Apollinaire ».

Des participations mensuelles de 25 francs doivent en principe assurer l'existence de la publication. L'enthousiaste Dalize prédit un avenir éblouissant à la revue et imagine déjà ces *Soirées de Paris* éclipsant *Vers et prose* et *Le Mercure de France* ou faisant de l'ombre à la toute-puissante *Revue des Deux Mondes*. Billy, Salmon et Tudesq, plus raisonnables, ne comptent guère sur un développement considérable et moins encore sur les possibles bénéfices du nouvel organe. *Soirées de Paris* est d'abord destiné à exprimer au sombre Apollinaire, très déprimé depuis sa rupture avec Marie Laurencin et son séjour en prison, la confiance de ses amis après l'injustice dont il a été victime. Affecté au 96e régiment d'infanterie avec le grade de sous-lieutenant, le poète d'*Alcools* est blessé à la tempe en 1916 et trépané. Il obtient d'être détaché dans différents services de l'arrière et reprend son activité, ses collaborations aux journaux. Atteint par l'épidémie de grippe espagnole, il meurt rue Saint-Guillaume dans le VIIe, à Paris, le 9 novembre 1918 pendant la Grande Guerre.

En ce début de siècle, Saint-Germain-des-Prés est aussi le lieu privilégié de la rencontre de deux écrivains. L'un, Remy de Gourmont, ne se montre guère ; insociable et désabusé, il passe chaque jour au *Mercure de France* dont il est l'un des fondateurs et ne rencontre que de rares amis, Apollinaire ou Rouveyre. Il s'exprime avec un léger bégaiement et son visage porte les traces d'un lupus tuberculeux. Le second, Paul Léautaud, est secrétaire de rédaction au *Mercure*. Persifleur et caustique, solitaire et misanthrope, il tient son journal depuis 1893.

En août 1905, ils se retrouvent au *Mercure*, 26, rue de Condé, pour préparer un recueil de *Pages choisies* de Stendhal. Leurs longues conversations sur cette anthologie sont bien souvent interrompues par des considérations sur la médiocrité des œuvres littéraires contemporaines. Ils aiment déambuler sous les galeries de l'Odéon ou discuter au Flore, le café préféré de Remy de Gourmont, à mi-chemin entre les bureaux du *Mercure* et son logis de la rue des Saints-Pères.

En 1910, de Gourmont reçoit un recueil de poèmes, *Actes et entractes*, signé de Natalie Clifford Barney. À cinquante-sept ans, c'est un vieil homme qui vit entre sa chatte et ses livres dans son cinquième étage, ce grenier du 71, rue des Saints-Pères. Natalie Barney souhaite le rencontrer pour le distraire de sa mélancolie et lui redonner goût à la vie. Leur ami commun Édouard Champion, l'éditeur-libraire du quai Malaquais, les présentera au début de cette année-là.

Miss Clifford Barney est une Américaine fortunée, fille du président de la Barney Railroad Car Foundry. Elle montre dès son plus jeune âge un certain penchant pour l'homosexualité ; ses amours avec Liane de Pougy et Renée Vivien sont célèbres à Paris. Et Gourmont ne les ignore pas. Une amitié amoureuse débute alors entre eux, amitié qui métamorphose l'ermite de la rue des Saints-Pères. On le voit au théâtre et dans le monde. Fou d'amour pour celle qui incarne à ses yeux intelligence et beauté, cet homme d'écriture lui adresse une abondante correspondance : les *Lettres intimes à l'Amazone* paraissent en 1913.

Natalie Barney refusera de partir pour les États-Unis à la déclaration de guerre en 1914. Gourmont, impotent et malade, mourra à l'hôpital Boucicaut le 27 septembre 1915, dans la plus grande solitude. Il ne semble pas que l'Amazone lui ait souvent rendu visite.

Tout Saint-Germain-des-Prés connaît le petit temple dorique, au 20, rue Jacob, dont le fronton porte l'inscription : « À l'amitié ».

Jusqu'à sa mort, en 1972, à l'âge de quatre-vingt-seize ans, Natalie Barney recevra le Tout-Paris littéraire et artistique.

1910. Depuis le 20 janvier, la Seine a quitté son lit pour visiter le quartier des éditeurs, des libraires et des galeries. « Nous avons pris la rue Mazarine et le passage des Beaux-Arts, note Paul Léautaud dans son *Journal littéraire*. Un barrage était établi rue de Seine juste à la hauteur du passage des Beaux-Arts. Devant nous, dans la nuit, la rue, toutes boutiques fermées, quelques portes seulement ouvertes, les becs de gaz allumés, avec l'eau arrivant jusqu'à la hauteur de la papeterie Coquelin. » Rue des Beaux-Arts, on circule en barque, rafiot sans aviron qu'un homme, piètre gondolier, melon sur la tête, fait avancer avec une perche. Bientôt la rue de l'Échaudé, la rue Jacob et la rue Bonaparte seront inondées. Un épicier de la rue des Beaux-Arts construit un muret pour protéger son échoppe.

« On s'est rendu en foule sur les quais pour voir ce que faisait la Seine dans son lit, peut-on lire dans *Le Figaro* du 23 janvier, son lit si haut entre les bords qu'on semblait en avoir refait et doublé les matelas. »

Le libraire Honoré Champion jubile, malgré l'obligation de retirer les ouvrages placés dans le bas des rayonnages de son magasin. Lors de la construction de la ligne de chemin de fer de la gare d'Orsay, tandis que l'on bouleversait les quais, il a écrit à la Compagnie du Paris-Orléans pour se plaindre des dommages causés par les travaux. L'ingénieur du P.-O. s'est gaussé, raconte Léautaud dans son *Journal littéraire*, l'accusant d'être contre le progrès. « Votre ligne, répond Champion à l'ingénieur, elle sera submergée ! » L'ingénieur lui rétorque : « Vous voulez donc m'apprendre mon métier ? Ce que vous dites est impossible. Cela n'arrivera jamais, entendez-vous ! jamais. » Montrant l'eau qui non seulement inonde le tunnel du chemin de fer mais également sa librairie, Champion prend un air vainqueur. Qu'importent les dégâts, il avait raison !

Rapidement, Paris se métamorphose en Venise avec la Seine en guise de Grand Canal. Mais les Parisiens gardent confiance… *Fluctuat nec mergitur.*

Le coup de clairon du 2 août 1914 sonne la fin d'une époque qui n'a pas su finir en 1900, avec le XIXe siècle. « La mobilisation n'est pas la guerre » : au Flore comme aux Deux Magots, on se rassure comme on peut. Les jeunes poètes Apollinaire, Tudesq, Billy et Dalize arrêtent la publication des *Soirées de Paris*. Ce sont maintenant des soldats qui vont rejoindre leur unité. Sur les boulevards, on chante : « C'est l'Alsace et la Lorraine, c'est l'Alsace qu'il nous faut. » C'est l'adieu aux « Bords du Rhin » de la brasserie Lipp.

Ceux que la mort aura épargnés ne retrouveront plus le même Saint-Germain-des-Prés. Il y régnera un esprit nouveau : la NRF prendra une place que le Mercure de France ne pourra lui disputer ; les œuvres de Gide et de Claudel qu'elle publiera estomperont l'esprit symboliste imposé par Gourmont. On émigrera à Montparnasse pour parler littérature au son d'une nouvelle musique syncopée. Mais cet exode ne sera qu'un caprice. Copeau, après un long entracte, réouvrira le Vieux-Colombier et donnera ainsi le signal du regroupement autour du vieux clocher.

Adrienne Monnier et Sylvia Beach

Si le Café Voltaire, après quelques années de sommeil, s'éveille à nouveau, c'est bien grâce à deux femmes dont l'activité en faveur de la littérature demeure exemplaire : Adrienne Monnier, qui ouvre en février 1915 sa maison des Amis des Livres, 7, rue de l'Odéon — dénommée la librairie Adrienne Monnier durant les premières années —, et Sylvia Beach, qui ouvre en 1919 sa librairie Shakespeare and Company, au 12 de la même rue. Ces deux librairies deviendront le rendez-vous des poètes et des écrivains les plus marquants de l'entre-deux-guerres.

Dès l'ouverture de sa petite librairie, Mlle Monnier reçoit la visite d'André Breton, d'Aragon, de Soupault et de Blaise Cendrars. Pierre Reverdy, accompagné de Max Jacob, lui apporte *Nord-Sud*, une revue qu'il publie non sans mal, et lui demande de l'aider à la diffuser. Léon-Paul Fargue adopte Adrienne comme confidente ; Paul Claudel, Jules Romains et André Gide sont ravis de l'enthousiasme qu'elle manifeste pour leurs œuvres. Sa bibliothèque de prêt a de fidèles abonnés : Paul Valéry, André Maurois ou Valery Larbaud.

Organisant des rencontres littéraires, des expositions et des séances de lecture, la maison des Amis des Livres est plus qu'une librairie, mieux qu'un salon littéraire : elle constitue un lieu d'émulation où l'irrésistible passion de la maîtresse de maison balaie les aléas et les difficultés qui pourraient tempérer sa soif de connaître et d'aimer. François Mauriac, Paul Eluard, Henri Michaux, le jeune Claude Roy et tous les passionnés de littérature passeront un jour ou l'autre dans les librairies de la rue de l'Odéon. Parmi ceux-ci figurent, en 1938-1939, Aragon qui, le 12 février 1916, emprunte *L'Annonce faite à Marie* de Claudel ; Simone Weil qui, le 8 janvier 1934, emporte *Pétanque à Toulon !* Gaston Gallimard — qui publiera *Ulysses* en 1937 — et Jean Paulhan seront très attentifs aux expériences de la maison des Amis des Livres.

Dans sa longue robe de tissu épais, serrée à la taille comme celles des femmes de sa Savoie natale, Adrienne Monnier semble une religieuse tout entière vouée au culte de la littérature et des belles-lettres.

Un taux de change favorable amplifie l'engouement des Américains pour Paris. Les peintres se concentrent à Montparnasse tandis que les écrivains fréquentent Saint-Germain-des-Prés et cette rue de l'Odéon, pour visiter les deux monuments de la littérature que constituent les librairies de la maison des Amis des Livres et Shakespeare and Company. Tout d'abord installée 8, rue Dupuytren, la librairie de langue anglaise de Sylvia Beach fait ensuite face à celle d'Adrienne Monnier, au 12, rue de l'Odéon à partir de 1936. Autre personnalité américaine établie à Paris depuis 1903, Gertrude Stein a longtemps vécu avec son frère Leo, puis avec sa compagne Alice Toklas, au 27 de la rue de Fleurus, qui a attiré toute une génération d'écrivains qu'elle a dénommée *the lost generation*, la génération perdue. Cette femme de lettres américaine est aussi une fervente collectionneuse d'œuvres de l'avant-garde parisienne et suit avec passion les recherches de Picasso, de Matisse, de Braque et de Gris. Ses autobiographies et ses souvenirs demeurent une mine d'informations sur son époque comme sur ses contemporains.

C'est grâce à Sylvia Beach que l'*Ulysses* de Joyce sera traduit en France ; le premier nom de traducteur qui lui vient à l'esprit est celui de Valery Larbaud. Préparant une conférence sur Joyce — il est le seul en France à connaître *Ulysses* —, Larbaud réserve sa réponse. Il doit cependant lire, rue de l'Odéon, des extraits de l'ouvrage qu'il n'aura pas le temps de traduire. Adrienne Monnier fait alors appel à un tout jeune ami de sa librairie : Jacques Benoist-Méchin. Les difficultés de traduction sont énormes et Joyce accepte de le rencontrer chaque fois que celui-ci butera sur un obstacle. Le temps manque malheureusement pour cette traduction des fragments d'*Ulysses* qui ne seront alors pas publiés. De son côté, Larbaud renonce à entreprendre la traduction complète du livre : on fait alors appel au traducteur Auguste Morel.

De longues discussions avec l'auteur retarderont la sortie du livre. En 1929, les premiers exemplaires sortent enfin de l'imprimerie : l'un est destiné à Ernest Hemingway, l'autre à Ezra Pound.

Adrienne Monnier, dans sa *Rue de l'Odéon*, rapporte les impressions du cinéaste Eisenstein : « Par un soir de printemps, la rue de l'Odéon ne ressemble pas non plus à une rue. Trop étroite pour une rue normale, elle ressemble au large corridor d'une pension de famille [...]. Et surtout, sans doute par les silhouettes de deux femmes. [...] L'une a les cheveux blancs. Un costume bleuâtre de coupe masculine, avec une jupe courte. Au-dessus d'elle, une enseigne. Bizarrement la présence de l'enseigne ne détruit pas l'illusion d'intimité. Peut-être parce que son inscription elle-même est étrange : “Shakespeare and Company”. L'autre femme — en doux, en gris. Jupe jusqu'au sol. C'est Adrienne Monnier. La première — Sylvia Beach. »

La maison des Amis des Livres poursuivra ses activités durant l'Occupation. Les petits faits marquent la vie quotidienne. En 1940, Mlle Monnier rencontre Léautaud au cours d'une longue marche dans un Paris déserté : « L'avenue de l'Opéra que je descendais maintenant avait tous ses magasins fermés. À la hauteur de la rue Sainte-Anne, rencontre de Léautaud qui, lui, remontait l'avenue avec son sac à provisions. Je fais à son intention le salut militaire français, il porte la main à son chapeau et me dit en désignant la chaussée où circulent des motos et des side-cars allemands : “Eh bien, c'est du joli.” Je lui réponds sans m'arrêter et en riant malgré moi : “Oui, c'est du beau.” Je ne sais, raconte Adrienne Monnier, s'il a noté la chose dans son journal mais je l'ai notée, moi, à la date du 19 juin. » « Nous fûmes voisins, Paul Léautaud et moi, pendant vingt-six ans, de 1915 à 1941, année de son départ du *Mercure de France*. Voisins en bons termes, tout compte fait », raconte Adrienne Monnier dans *Rue de l'Odéon*.

Dans son *Journal*, Galtier-Boissière note une farce faite aux Allemands au début de l'Occupation par Sylvia Beach. « Les fritz inspectent un jour sa boutique de livres anglais, rue de l'Odéon, et annoncent qu'ils reviendront le lendemain enlever le stock. Sylvia Beach alerte immédiatement quelques amis, transporte tout son fonds chez sa voisine, Adrienne Monnier, fait peindre sur sa boutique une enseigne d'antiquaire et place quelques meubles à l'intérieur. Le lendemain, les Allemands arrivent avec un camion et restent médusés. »

stunned, stupefied

Les lauriers des années 20

Les amateurs de choucroute et de fromage alsacien font la prospérité de la Brasserie Lipp. Ce n'est pas encore le rendez-vous du Tout-Paris, mais M. Hébrard est désormais assuré de la fidélité d'une clientèle. Au début de 1920, las de la vie parisienne, il décide de se retirer des affaires et cherche un successeur : ce sera Marcelin Cazes, natif du village de Laguiole, dans l'Aveyron, « monté » à la capitale à quinze ans. En juillet, aidé de son épouse Clémence, mère d'un petit Roger, il prend en main les destinées de Lipp.

La clientèle de Saint-Germain-des-Prés, écrira Marcelin Cazes dans *50 Ans de Lipp*, « se composait d'habitués tranquilles et bien posés dans la vie — beaucoup de rubans rouges et violets ! — ainsi que de jeunes étudiants, en majorité de l'école des Beaux-Arts ».

La brasserie va vite devenir célèbre : on y soupe après le spectacle dans une ambiance chaleureuse. Elle multiplie par dix le nombre de ses tables et de ses garçons et se transforme en véritable succursale de la Chambre des députés de la IIIe République. Dans les miroirs légèrement inclinés, il est aisé d'apercevoir depuis sa table les nouveaux arrivants, ce qui est parfois salutaire pour un homme politique.

Après minuit, la relève est assurée par le Tout-Paris : écrivains, peintres, acteurs, gens du monde ou du demi-monde qui se connaissent, se reconnaissent et se congratulent dans un tintinnabulant bruit d'assiettes et de verres.

La réputation de la brasserie atteint le boulevard Haussmann où vit enfermé dans sa chambre de liège un écrivain valétudinaire. Pendant la Grande Guerre, sur les conseils de son ami Ramon Fernandez qui lui vante la fraîcheur de la bière de chez Lipp, Marcel Proust désire y goûter. Sa fidèle Céleste Albaret, dans *Monsieur Proust*, raconte : « On allait la chercher là, avec une bouteille qu'on remplissait au robinet de la pression. »

M. Cazes voit défiler toutes les personnalités de France et de Navarre. Il connaît les goûts de chacun : Paul Painlevé est amateur de bière brune et Paul Valéry de blonde ; Anatole de Monzie préfère déguster un verre de vin d'Alsace ; Louis Latzarus vient ici écrire ses articles du *Figaro* et demande qu'on laisse à sa portée la bouteille de vin Mariani dont il est d'ailleurs le seul consommateur ; on peut apercevoir aussi Albert Thibaudet corriger les épreuves des articles qu'il portera à *La NRF*, ou Léon Blum avaler une choucroute au sortir de la Chambre des députés avant de regagner son domicile.

« À bien considérer les choses, raconte André Salmon dans ses *Souvenirs sans fin*, le véritable inventeur de Saint-Germain-des-Prés c'est Henri Philippon, son animateur bien avant que Simone de Beauvoir à une table et Jean-Paul Sartre installé devant une autre aient montré aux badauds ce que c'est que d'écrire des choses durables, dans une cage de verre [...]. C'est à Saint-Germain-des-Prés qu'Henri Philippon donne toujours ses rendez-vous, auxquels il arrive en retard. Comme il connaît tout le monde à Paris, ça fait beaucoup de rendez-vous et beaucoup de clients pour Saint-Germain-des-Prés. »

Henri Philippon, originaire du Lot, pousse pour la première fois la porte des Deux Magots en 1927. Fou de littérature, il se destine au journalisme et créera revues et prix littéraires. Fin gourmet, il a encore à son actif la publication de bons livres de cuisine. Henri Philippon, éminence grise ? Salmon se souvient encore : « Henri Philippon a ses entrées dans toutes les maisons d'édition où l'on écoute. Il parle de ses amis. Personne n'a jamais songé à l'asseoir au poste de conseiller littéraire. On doit penser que ce n'est pas la peine puisqu'il conseille gratuitement. On doit penser que Philippon n'accepterait point d'être payé pour conseiller puisque ça lui défendrait d'aller conseiller dans la maison d'en face. »

Si Philippon fixe ses rendez-vous aux Deux Magots, c'est que chaque soir, vers 6 heures, il est certain d'y rencontrer tous ceux qui participent à cette vie littéraire parisienne : Jacques Chardonne, Stefan Zweig, Edmond Jaloux, André Gide, ou Léo Larguier bavardant avec André Salmon. Lors de la création de sa revue, *La Courte Paille*, en 1929, bien trop pauvre pour installer un bureau, Philippon prie ses collaborateurs de livrer leur copie au café. À cette époque, le téléphone est encore peu répandu chez les particuliers, et le pneumatique, le « petit bleu », est un moyen de communication rapide.

Mais à quoi bon, puisqu'on est assuré chaque soir de croiser aux Deux Magots tous ceux que l'on souhaite rencontrer ?

À Saint-Germain-des-Prés comme ailleurs, les années 20 voient éclore un grand nombre de revues littéraires, parmi lesquelles *Le Navire d'argent* d'Adrienne Monnier et *Commerce* de Léon-Paul Fargue et Valery Larbaud. Certaines auront une existence météorique.

À partir de 1924, la vague surréaliste tente de prendre d'assaut le milieu des arts, des sciences et de la philosophie. Ceux qui se dressent contre toute forme d'ordre et de morale ont siégé aux Deux Magots sous le pontificat d'André Breton : écrivains et poètes, d'Aragon, Péret, Artaud à Eluard, Soupault et Desnos, peintres et sculpteurs, de Masson, Ernst, Arp, Dali, à Miro et Giacometti. Mais après la fièvre des années 20 et les diverses applications du *Manifeste* de 1925, Breton exclut en 1930 certains de ses amis pour déviationnisme.

Le Théâtre du Vieux-Colombier attire à Saint-Germain-des-Prés tous les partisans de la rénovation artistique que tente de réaliser Jacques Copeau dans l'ancien Athénée-Saint-Germain, débarrassé de ses ors et de ses ornements contournés. « Rien ne m'émeut davantage ni n'ébranle plus fortement mon imagination, écrit en 1931 le directeur du nouveau théâtre dans ses *Souvenirs du Vieux-Colombier*, que cette pauvreté de scène. » Pauvreté des moyens aussi : Louis Jouvet, homme à tout faire, est tour à tour comédien, scénographe et architecte. Il va même jusqu'à diriger un atelier où l'on bricole le matériel dont le théâtre a besoin, afin de limiter au minimum les dépenses.

La troupe du Vieux-Colombier s'est étoffée : outre Jouvet, elle comprend désormais Valentine Tessier, Romain Bouquet, Jane Lory, Charles Dullin, et Paul Oettly. Quant aux auteurs, ils se nomment André Gide, Jules Romains, Roger Martin du Gard, Charles Vildrac et Henri Ghéon.

Mais Jacques Copeau doit faire face à de graves difficultés financières. Il ne peut continuer à monter des spectacles sans de nouvelles ressources. En 1922, il décide de rouvrir son école de théâtre, fondée avec sa collaboratrice Suzanne Bing, puis abandonnée au profit des représentations du Vieux-Colombier. Les bons éléments de sa troupe ont à leur tour pris des responsabilités dans des théâtres parisiens : Charles Dullin à l'Atelier, Louis Jouvet à la Comédie des Champs-Élysées.

Copeau monte en solitaire *Saül* d'André Gide et *Le Testament du père Leleu* de Roger Martin du Gard, ses deux confrères de la NRF.

Mais il supportera très mal le mauvais accueil réservé par la critique à la pièce qu'il vient d'écrire et de mettre en scène, *La Maison natale*. Découragé malgré l'enthousiasme stimulant de son entourage, il tire les conclusions de son expérience : un résultat positif sur le plan de l'éthique théâtrale mais négatif quant au compte d'exploitation de la salle : il prend alors la décision de fermer le théâtre.

Après un travail acharné qui marquera à jamais les techniques de la scène et le jeu des acteurs, Jacques Copeau part s'installer en Bourgogne avec sa fille, son gendre, son neveu et des disciples pour fonder une autre troupe : les Copiaux. Une nouvelle tentative de théâtre populaire.

L'expérience du Vieux-Colombier n'est pas unique. Gaston Baty — fondateur, en 1926, avec Charles Dullin, Louis Jouvet et Georges Pitoëff du cartel des Quatre — cherche une salle pour sa Compagnie de la Chimère. Il obtient boulevard Saint-Germain une baraque, petit théâtre de trois cent quarante places, à la façade décorée par Boris Metchersky. Les spectacles d'avant-garde ou intimistes ne font guère recette et, en 1924, Baty quitte Saint-Germain-des-Prés pour Montparnasse où la troupe trouvera un théâtre à la mesure de ses ambitions.

En 1924, Jean Cocteau est l'arbitre incontesté des fêtes parisiennes. Dans *Le Coq et l'Arlequin*, un petit ouvrage plein d'esprit publié trois ans auparavant, il condamne « la musique à entendre la tête dans les mains », prône un retour à une certaine simplicité, vitupère contre le dodécaphonisme autrichien, le folklore slave, la préciosité de Debussy comme les rythmes de Ravel, et en appelle à une « musique française de France ». Le groupe de jeunes musiciens qu'il anime fait connaître leurs œuvres lors de concerts organisés au Théâtre du Vieux-Colombier : ils se nomment Georges Auric, Louis Durey, Arthur Honegger, Darius Milhaud, Francis Poulenc et Germaine Tailleferre.

En 1920, le critique Henri Collet les baptise le « groupe des Six ». Cocteau rédige leur manifeste. Puis il leur commande la musique d'une farce-ballet, *Les Mariés de la tour Eiffel*, qui restera le seul exemple de leur cohésion et de la fidélité aux règles dictées par leur mentor.

Le Vieux-Colombier, théâtre du renouvellement de la technique théâtrale de Copeau, est donc également celui d'une renaissance de la musique française en plein cœur de Saint-Germain-des-Prés.

Les premiers prix littéraires

Pendant les années 30, les Parisiens ne sont pas encore obsédés par le sacro-saint week-end à la campagne. On préfère le dîner chez Lipp. C'est ce que racontera André Beucler, en 1947, dans son *Dimanche avec Léon-Paul Fargue* : « Je nous revois un samedi à la même table, chez Lipp. Un dîner de vieux camarades, presque un dîner de groupe : les Bost, Agathe Valéry et son mari Paul Rouart, ma femme, les Descomps, Saint-Ex et Fargue : une réunion de famille d'amis. Dans le tourbillon on reconnaît les silhouettes de Picasso, de Marie-Louise de Crussol, de Robert de Billy, de Georges Bidault, de Carco. Lipp était avant ce qu'on appelle les événements de 1939, une sorte de plaque tournante, cent fois décrite, et par Thibaudet, et par Fargue lui-même qui disait : "On y voit des fronts chargés d'inquiétude, des individualités désolées et des ongles peints, pareils à des élytres de cétoine, voire comestibles comme les crevettes bouquets. Dehors les autobus, pachydermes débonnaires qui trottent dans un Paris complaisant, heureux de virer sur l'aile et transportent vers l'inconnu la femme partagée entre stupeurs et tentations, le noctambule égorgé, le cœur simple, toutes sortes de poètes, mécanos, fonctionnaires, inspecteurs, permissionnaires ou oisifs rangés soumis aux mêmes émotions que les généraux ou les diplomates." »

Fargue étonnant, étrange ou extravagant. Singulier quand, chez Lipp, il commande un sandwich au veau, un quart Vichy bouillant, quatre boîtes de cigarettes anglaises et trois boîtes d'allumettes suédoises. Puis, satisfait d'avoir sous la main réuni cet ensemble hétéroclite, le *Piéton de Paris* raconte, dans « cette langue où la finesse a beaucoup plus de place que le démon de l'analogie », sa dernière fugue dans le Paris insolite.

Saint-Germain-des-Prés, assure-t-il en 1939, est la meilleure place pour être à l'écoute du monde : « Qu'il y en ait dans la journée un Conseil de Cabinet, un match de boxe dans l'État de New Jersey, un Grand Prix de Conformisme, un coup de flanc littéraire, un concours de ténors sur la rive droite ou quelque prise de bec, les habitués des cafés de la place Saint-Germain-des-Prés sont parmi les premiers touchés des résultats de ces conciles ou de ces compétitions. La place en effet vit, respire, palpite et dort par la vertu de trois cafés aussi célèbres aujourd'hui que des institutions d'État. »

Le merveilleux, il le trouve aussi bien au cœur de la rive gauche. Assis sur un banc de la place Saint-Sulpice entre l'agitation sans nécessité de Montparnasse et l'animation récente de Saint-Germain-des-Prés, il aime cet îlot de calme avec ses pigeons piétant autour de la fontaine de Visconti dont les quatre évêques, Bossuet, Massillon, Fénelon et Fléchier, s'érigent en défenseurs intransigeants de la foi sous la garde de quatre lions furieux mais édentés.

Le 7 décembre 1933, le crieur de journaux passe devant les Deux Magots ; le journal du soir *L'Intransigeant* annonce : « Le prix Goncourt est décerné à André Malraux pour son roman *La Condition humaine.* » C'est au quatrième tour de scrutin, par cinq voix contre trois à Paul Nizan pour *Antoine Bloyé*, que le livre de Malraux triomphe. La nouvelle vient aux oreilles de Roger Vitrac et de Martyne, deux piliers du café en train de prendre l'apéritif. « Pourquoi ne pas fonder nous-mêmes un prix littéraire ? dit Martyne à Roger Vitrac. Constituons un jury de treize membres choisis parmi nos amis des Deux Magots. Chacun de nous versera 100 francs, ce qui fera 1 300 francs, ce qui n'est pas négligeable. » Le Prix Goncourt est doté de 5 000 francs depuis sa fondation, il est aujourd'hui de 50 francs. Roger Vitrac approuve et tous deux dressent immédiatement la liste du jury : Jacques Baron, Michel Leiris, Georges Ribemont-Dessaignes, Roger Vitrac, tous quatre exclus par André Breton du mouvement surréaliste en 1929 ; les peintres Gaston-Louis Roux, Alfred Janniot, André Derain ; le poète Robert Desnos, le bibliothécaire Martyne, Henri Philippon, directeur de la revue *La Courte Paille*, l'écrivain André de Richaud, Armand Megglé, Isaac Grünbert. Ils décident de convoquer par pneumatique le jury pour une réunion le soir même à 17 heures.

Henri Philippon sera nommé secrétaire général. Il raconte dans ses souvenirs que presque tous ont répondu présent à l'appel et que, vers 18 heures, le vote à main levée attribuait le prix à un premier roman, *Le Chiendent*, d'un jeune romancier nommé Raymond Queneau, publié chez Gallimard.

Le lauréat fête joyeusement avec ses amis, les membres du jury, sa victoire en dépensant le montant de son prix auquel chacun a participé. Un investissement à court terme en quelque sorte. Le lendemain, à la lecture des journaux, M. Boulay, le patron des Deux Magots, apprenant la création du prix, s'empresse de faire savoir aux jurés qu'à l'avenir c'est lui-même qui le subventionnera.

Edmond Jaloux consacre au prix des Deux Magots six colonnes élogieuses dans *Les Nouvelles littéraires* ! Le prix des Deux Magots a définitivement acquis ses lettres de noblesse.

L'attribution des premiers prix littéraires de Saint-Germain-des-Prés ne manque ainsi pas de fantaisie. Le jury du prix des Deux Magots a couronné deux ans de suite ses propres jurés ! Le prix Cazes, fondé en 1935 à l'initiative du docteur Étienne Fatou, un fidèle des cafés du quartier — il a été jusqu'à sa disparition juré des Deux Magots et du Cazes —, a été remis à la compagnie théâtrale Le Rideau de Paris, de Marcel Herrand et Jean Marchat, pour sa création du *Coup de Trafalgar* de Roger Vitrac, et de *L'Homme en blanc* d'André de Richaud. C'est donc sans vergogne aucune que ces messieurs s'arrogent le montant des sommes mises à leur disposition par les patrons des deux établissements : quelques centaines de francs pour régaler leurs amis.

Henri Philippon avoue lui-même en 1950, dans son *Almanach de Saint-Germain-des-Prés*, qu'une « certaine confusion avait marqué la naissance du prix Cazes, car il n'y avait pas à proprement parler de jury ». Cependant, quelques jours plus tard, à la demande de Marcelin Cazes, un jury est constitué, présidé par André Salmon.

Henri Philippon en est le secrétaire général. Il est entouré entre autres de Georges Blond, Robert Brasillach, Étienne Fatou, Jean Follain, Roger Giron, Jean Loubes, Thierry Maulnier et Édouard Peisson. Dès la deuxième année, en 1936, le jury couronne le poète Pierre Albert-Birot pour *Grabinoulor* ; le prix Cazes montre une certaine ambition puisque les lauréats suivants se nomment Thyde Monnier, Kléber Haedens, Marius Richard et André Cayatte.

En 1940, Georges Blond et Brasillach démissionnent et sont remplacés par Marius Richard et René Pernoud. Puis c'est au tour de Thierry Maulnier et de Jean Loubes de partir, Maurice Fombeure et Olivier Séchan les remplacent. Albert Paraz obtiendra un gros succès avec son roman *Le Roi tout nu*. En 1943, *Où souffle la Lombarde* de Jean Proal et en 1944 *Cinquante-cinq heures de guerre* de Pierre Tisseyre reçoivent les lauriers des mains de Marcelin Cazes.

Philippon, cet humaniste, l'un des derniers honnêtes hommes de ce siècle, occuperait la place d'honneur : celui de l'animateur littéraire de ce village parisien qu'est Saint-Germain-des-Prés.

Le clocher à l'heure allemande

Après la signature de l'armistice, la vie dans la capitale s'anime un peu mais le couvre-feu instauré par l'armée d'occupation ne permet guère aux Parisiens de s'éloigner de leur quartier. Pour ceux du village de Saint-Germain-des-Prés, le Flore, c'est un peu le Café du Commerce : on y commente l'actualité, on échange des adresses de commerçants pour se ravitailler. Les malheureux dont les appartements ne sont plus chauffés se rassemblent ici pour trouver un peu de chaleur autour du poêle à sciure qui trône au centre du rez-de-chaussée. Écrire au café est une vieille tradition mais aujourd'hui c'est une nécessité, il est impossible de travailler dans le froid.

Paul Boubal raconte — propos recueillis dans le *Manuel de Saint-Germain-des-Prés* de 1974 : « Vers 1942 je vois arriver au Flore un monsieur qui venait de l'ouverture jusqu'à midi et de l'après-midi jusqu'à la fermeture. Il venait souvent avec une dame et ils se tenaient fréquemment éloignés l'un de l'autre à des tables différentes [...]. Je suis resté longtemps sans savoir qui c'était. L'après-midi, dans la salle du premier, on les voyait toujours avec un grand dossier, gratter d'interminables papiers. » Il faudra qu'un jour on demande M. Sartre au téléphone pour que Boubal connaisse enfin le nom de ce client assidu. Devenu un des familiers du propriétaire, Jean-Paul Sartre reçoit tant d'appels téléphoniques que Boubal lui affecte une ligne spéciale.

C'est une période difficile pour les Parisiens : on manque de charbon et d'électricité ; des stations de métro sont fermées ; les cinémas suppriment les séances de l'après-midi. Les coupures de courant sont fréquentes et les bougies difficiles à se procurer.

En plein hiver, Simone de Beauvoir s'efforce d'arriver dès l'ouverture du café pour occuper la meilleure place, à côté du tuyau de poêle. Boubal en tablier bleu ouvre les portes, hurle des ordres au plongeur, éconduit les représentants tandis que les deux garçons Jean et Pascal — que les petits malins appellent Descartes — commentent les événements. Jean-Paul Sartre, en 1942, classe ainsi la clientèle de chacun des cafés de Saint-

Germain-des-Prés : les Deux Magots, pour vieux littérateurs, le Flore, pour jeunes littérateurs, et la Brasserie Lipp, pour politiques. Un jugement un peu court. S'il est vrai qu'une certaine jeunesse fréquente plus volontiers la terrasse du Flore, que les hommes politiques vont nombreux dîner chez Lipp, il est en revanche plus difficile de définir ceux qui constituent les habitués des Deux Magots.

L'intérêt du Flore durant l'Occupation tient à trois choses essentielles, précise Sartre : un poêle, pas d'Allemands et un métro. C'est ici que Simone de Beauvoir rencontre, en 1943, Camus, militant dans la Résistance. Et que le couple Sartre-Beauvoir fait la connaissance de Jean Genet, considéré comme un immense écrivain par Jean Cocteau. D'autres habitués, Thierry Maulnier, Dominique Aury, Jacques Audiberti ou Arthur Adamov viennent ici lire et travailler.

Aux Deux Magots, certains peuvent travailler au chaud pendant les hivers rigoureux de la guerre. Alors, lorsque le couple Sartre-Beauvoir n'est pas au Flore, il est ici. Aujourd'hui, leurs places traditionnelles sont signalées par des plaques de cuivre. Certains considèrent comme un véritable privilège de s'asseoir à la place de ces gloires germanopratines.

Lipp, comme la plupart des cafés parisiens, ferme ses portes à 10 heures du soir. Les habitués arrivent en fin d'après-midi pour boire une bière. On y voit notamment d'Espezel, Marchesné, Bouteron, Mallon, tous quatre archivistes-paléographes — les « archivastes-paléogriphes », disait Léon-Paul Fargue à propos de ses premiers camarades de banquette.

Sitôt Paris libéré reviendront les maîtres du barreau Henry Torrès et Maurice Garçon, les compositeurs Maurice Yvain et Henri Sauguet, les cinéastes René Clair, André Cayatte, Marc et Yves Allégret, Louis Daquin, les frères Prévert. Lipp retrouvera alors sa clientèle traditionnelle.

En 1946, Jean-Paul Sartre crée *Les Temps modernes* avec le concours de Raymond Aron, Maurice Merleau-Ponty, Simone de Beauvoir et Michel Leiris. La revue est domiciliée aux éditions Gallimard. Elle est ouverte à tous ceux qui veulent exprimer les opinions de la gauche intellectuelle française. Une gauche à laquelle les communistes refusent de s'allier, bien qu'un texte signé de Kanapa paraisse dans le premier numéro.

Dans un article assez virulent de l'hebdomadaire *Action*, Henri Lefebvre accuse Sartre d'écrire dans *L'Être et le Néant* des choses rebattues sur le marxisme et de cacher à ses lecteurs les grands problèmes du moment.

Quelque temps plus tard, Maublanc et Garaudy ne mâcheront pas leurs mots pour lui reprocher vertement d'éloigner les jeunes du marxisme. À l'avenir, on ne lira plus une ligne d'un communiste dans *Les Temps modernes*.

Désirant néanmoins poursuivre le dialogue avec eux, Merleau-Ponty s'explique dans le numéro de novembre, mais la réponse d'*Action* ne fait que confirmer leur opinion sur les idées développées par les principaux collaborateurs de la revue de Sartre. Le conflit s'aggravera avec l'ampleur et la vogue de l'existentialisme.

Ainsi, Beaufret, collaborateur de *Confluences*, organise en avril au Vieux-Colombier une conférence sur l'existentialisme qui remporte un énorme succès.

Action ouvre alors une enquête sur le thème « Faut-il brûler Kafka ? » visant la littérature noire. Parmi les centaines de réponses il n'y aura qu'un seul oui.

Sartre reste la cible favorite, les insultes tombant de gauche comme de droite : philosophe du néant, chantre de la boue.

Sartre, sorte d'ennemi public, notera plus tard : « La célébrité pour moi ce fut la haine. »

La Libération est l'occasion pour certains de régler leurs comptes avec leurs concurrents. Une frénésie de vengeance s'empare parfois de ceux-là mêmes dont la conduite n'a pas toujours été irréprochable au cours de ces sombres années. Comme ailleurs, le monde des lettres n'est pas à l'abri du débat entre ceux qui pensent que la littérature a été un soutien moral pour les Français et ceux qui n'admettent pas que l'on puisse avoir un contact quelconque avec l'occupant. Un débat permanent.

On veut aujourd'hui oublier la précipitation avec laquelle cent quarante éditeurs ont signé la convention de censure dès l'arrivée de l'occupant afin de poursuivre leur fructueux négoce. Entre ceux qui naviguèrent à vue pour maintenir la présence des lettres françaises et ceux qui laissèrent la barre à un pilote nazi, la différence n'est pas facile à apprécier ; d'où des ressentiments parfois tenaces qui perdurent un demi-siècle plus tard.

La création du Comité national des écrivains, destiné à épurer le milieu littéraire, ne va pas toujours agir avec équité. Organisme officieux, il n'obtiendra jamais des pouvoirs publics une existence légale, malgré les démarches actives de Vercors : invité à l'Élysée par de Gaulle, il dira qu'il n'a pas été question au cours du déjeuner de l'épuration des écrivains et des éditeurs. On a l'impression que le gouvernement ne tient pas à intervenir dans cet imbroglio.

Les membres du CNE n'ont jamais pu se mettre d'accord sur la liste des coupables ni sur les sanctions à appliquer. Avec le recul du temps, on observe que l'agitation fébrile de ces années n'a en rien modifié les structures de l'édition d'avant-guerre.

Tout différent est le comportement des hommes de presse. Paris libéré, les organes de la collaboration sont pris d'assaut par les journalistes des mouvements de résistance. La justice sera sévère pour ceux qui ont écrit dans les quotidiens ou travaillé à la radio. Paul Chack, Robert Brasillach, Jean Luchaire, Jean Hérold-Paquis fusillés. Les Marcel Déat, Alphonse de Châteaubriant, en fuite, condamnés à mort par contumace.

Les rendez-vous de Saint-Germain

On l'appelle l'ermite, le sage, le mage, le garde champêtre honoraire de Saint-Germain-des-Prés. On le désigne sous bien d'autres sobriquets encore. Le poète Léo Larguier, l'une des figures les plus authentiques du quartier, l'auteur de *Saint-Germain-des-Prés, mon village*, a accumulé tant de livres, tant de tableaux et tant d'objets choisis au hasard de ses promenades chez les libraires et les antiquaires du voisinage, qu'il lui reste bien peu de place pour se mouvoir dans son logis situé au cinquième étage d'un vieil immeuble, rue Saint-Benoît.

« Son foulard blanc, ses longs cheveux comme on les portait à la "première" d'*Hernani*, son feutre à larges bords et la canne de prix avec laquelle il écarte les chiens qui l'approchent de trop près, appartiennent désormais à l'histoire pittoresque de ce coin de

Paris », raconte en 1941 dans *Nostalgie de Paris* Francis Carco qui le rencontre de temps à autre aux Deux Magots.

Léo Larguier ne quitte guère sa chère rive gauche, ne traverse qu'exceptionnellement la Seine pour se rendre chez Drouant, où il retrouve ses confrères de l'académie Goncourt, et pousse quelquefois jusqu'à la porte de Clignancourt pour chiner au marché aux puces.

Léo Larguier a été le promeneur émerveillé de Saint-Germain-des-Prés : « Si l'on voulait flâner dans ce quartier, on y passerait sa vie, on pourrait louer une chambre d'étudiant dans un de ces innombrables hôtels balzaciens, acheter des cahiers et de l'encre chez les papetiers… et on écrirait là, non seulement la plus belle histoire de Paris, mais les plus grands chapitres de l'histoire de France. »

Quand il s'éteint, le 30 novembre 1950, la cote d'amour de Saint-Germain-des-Prés est à son zénith. Sa chère rue Saint-Benoît, autrefois provinciale et paisible, est devenue l'une des artères les plus animées de la vie nocturne parisienne. Passage obligé entre la rue Jacob et le boulevard Saint-Germain, ses bars et ses restaurants attirent les touristes du *Paris by night.*

Le poète est mort, parti pour l'au-delà. Il a déserté son vieux quartier et a troqué ce qui pour lui était devenu l'enfer pour le paradis.

La vie de café telle que la concevaient poètes, écrivains et gazetiers du Procope, du Napolitain, du Vachette, du Voltaire et des établissements du vieux Saint-Germain-des-Prés reprend à la Libération.

Le Flore connaît une vogue qui laisse perplexe son propriétaire Paul Boubal. La presse à sensation publie articles et photos sur les cafés. On dit que certains journaux étrangers envisagent d'y installer en permanence leurs envoyés spéciaux : c'est dire à quel point le quartier est à la mode.

Une foule de curieux envahit les terrasses pour y respirer un air existentialiste et voir à quoi ressemble cette race de germanopratins. Si les Deux Magots retrouvent les anciens fidèles sortant de la clandestinité, d'autres, en revanche, n'y reviendront jamais : Max Jacob, Robert Desnos, Jean Prévost, Jean Giraudoux, Robert Denoël, Jacques Bainville, Suzanne Valadon, Léon-Paul Fargue. Les camps de la mort, la Résistance et la maladie se sont chargés d'éclaircir les rangs des habitués. Mais la Libération n'a pas résolu les problèmes de ravitaillement ; aux

Deux Magots, les privilégiés viennent chercher les petits pains rationnés par le boulanger et les cigarettes contingentées par les buralistes.

Une nouvelle clientèle découvre le charme persistant du café à l'enseigne séculaire. À l'affût du moindre événement, des hebdomadaires présentent Saint-Germain comme le rendez-vous d'une jeunesse intellectuelle libérée et un peu scandaleuse. Longtemps privés de distractions, nombreux sont ceux qui s'y précipitent pour manifester leur joie de vivre au son de rythmes interdits.

Dans les années 1948-1950, il n'est plus possible pour les écrivains célèbres de passer inaperçus aux Deux Magots ou au Flore. Observés comme des animaux dans leur cage par les touristes, ils fréquentent un bar discret au sous-sol de l'Hôtel du Pont-Royal. Ici, comme au Décaméron — un autre bar, celui-là en surface —, viennent boire les grands fauves et les petits carnassiers de la littérature de chez Gallimard, de la Table Ronde, Denoël et Julliard. On y est entre gens du même monde.

Au mois de mai 1949 arrive à Paris le romancier américain Nelson Algren, auteur de *L'Homme au bras d'or,* traduit en français par

Boris Vian, et amant de Simone de Beauvoir. Il débarque au Flore.

Ceux que le couple Sartre-Beauvoir nomme volontiers « la famille », Zette et Michel Leiris, auxquels s'ajoutent selon l'humeur du moment Jean Cau, Bernard Frank, Robert Scipion ou Michèle Vian — dont la liaison avec Sartre n'est plus un secret pour personne —, accueillent dans la joie cet Américain qui a déjà publié des textes irrévérencieux dans *Les Temps modernes*.

Le petit Sartre entraîne le géant Algren à l'intérieur du Flore en lui parlant avec volubilité. L'Américain ne comprend pas un traître mot. Bost et Cau les attendent en compagnie de Juliette Gréco, d'Anne-Marie Cazalis, de Mouloudji et de Boris Vian. Tout ce petit monde s'agite autour du romancier stupéfait du bruit que suscite sa venue, dans une atmosphère enfumée.

Algren rédigera un compte rendu assez naïf de la scène, y mêlant plusieurs autres rencontres. Michèle Vian lui sert d'interprète. Avec son aide, il peut enfin participer à la petite fête. « Grâce à elle, écrira-t-il en 1960 dans *Last Rounds in Small Cafés*, je pus me joindre aux rires et m'intégrer au groupe. Je devins moi aussi un existentialiste pendant toute une soirée. »

Algren cache sa timidité derrière une certaine décontraction. Souvent solitaire, il adopte en société un mutisme inquiétant. Il demeurera durant quelque temps la coqueluche de Saint-Germain-des-Prés. Bost croit surprendre en annonçant qu'aux dernières élections américaines Algren a voté pour Wallace. Mais qui, dans le quartier, sait qui est Wallace ?

Avec ses deux terrasses, le café des Deux Magots occupe le meilleur emplacement du quartier. L'été, lorsque toutes les tables placées face à l'église sont occupées, on se croirait sur les planches de Deauville.

La direction de cette affaire familiale est très attachée à sa réputation de café littéraire ; le prix des Deux Magots est attribué chaque année depuis 1933. La salle garde son décor et le service ses traditions : garçons vêtus du rondin noir et du tablier blanc. L'*espresso* est servi accompagné d'un verre d'eau et les journaux fixés à leurs lattes de bois sont à la disposition des consommateurs.

Le propriétaire du café est certainement une personnalité moins médiatique que celle de Paul Boubal du Flore ou de Marcelin Cazes de chez Lipp. Discret, son nom n'apparaît jamais dans la chronique germanopratine ; il s'est toujours effacé derrière sa clientèle d'écrivains cosmopolites célébrissimes, d'Oscar Wilde à Stefan Zweig, de William Faulkner à Alberto Moravia.

Il existe un snobisme lippien : la salle où l'on place le consommateur n'est jamais le fait du hasard. Entre le premier étage et le rez-de-chaussée, la ségrégation est nette : personnalités et clientèle de passage. Pour un véritable lippien, monter le petit escalier ne peut se concevoir, cet exil serait le signe de la déchéance. L'habitué attendra le temps qu'il faudra pour enfin s'asseoir dans l'une des salles du rez-de-chaussée. Étrangères bruyantes et provinciaux en goguette ne seront pas mêlés au cercle des initiés.

Ce temple de la choucroute possède son étiquette et ses règles. Certaines font l'objet de mises en garde afin que les non-initiés admis dans le sanctuaire n'en prennent pas trop à leur aise. Des pancartes affichées dans la brasserie donnent la réglementation à observer pour le paiement par chèque, pour les amateurs de pipes priés de s'abstenir, pour les chiens, tolérés mais indésirables sur les banquettes et sous les tables. L'inobservation du règlement entraînerait pour les insoumis des mesures de rétorsion, telle une attente prolongée.

Roger Nimier, dans *Les écrivains sont-ils bêtes ?*, compare Saint-Germain-des-Prés à un immense Pont-aux-Dames « hanté par de petits vieux en uniforme en quête des années perdues qu'ils entassent comme des mégots ». Il déclare encore que c'est entre l'église Saint-Germain-des-Prés, la place Saint-Sulpice, la place des Invalides et la Chambre des députés que se trouve la plus forte densité de Légions d'honneur. La faute en revient sans conteste à la brasserie Lipp : avec sa clientèle parlementaire, elle est un vivier de décorés. On ne compte plus les chevaliers, les officiers et les commandeurs.

Le Royal Saint-Germain a toujours été évoqué avec une certaine condescendance. Ancien café Dupont, il faisait figure aux yeux des « trois grands », le Flore, les Deux Magots et Lipp, de parent pauvre. On lui contestait toute affinité avec l'intelligentsia du quartier et de n'être fréquenté que par des jeunes gens futiles, dépourvus de toute culture intellectuelle.

Sa situation à l'angle du boulevard Saint-Germain et de la rue de Rennes était certes enviable, mais ce grand caravansérail n'a jamais accédé au rang de café littéraire même si, sous la lumière des tubes luminescents de néon, s'accoudaient au grand comptoir de cuivre rouge en fer à cheval les « psychistes », jeune groupe littéraire chassé du Flore par Boubal pour chahut intempestif. Il a cédé la place à un couturier italien.

Ce mouvement oublié de l'histoire littéraire adopta le Royal Saint-Germain et ses membres furent bientôt suivis par des néophytes de l'existentialisme et des curieux n'osant se frotter à l'élite des « trois grands ».

Ainsi, le vaste café jusqu'alors désert s'est animé comme « un buffet de gare régulatrice », raconte un témoin, Maurice-Paul Comte, dans *L'Almanach de Saint-Germain-des-Prés* de 1950 : il se souvient y avoir vu le peintre Wols soigner sa pépie chronique ou la sœur d'Atlan, suivie de ses admirateurs, étudiants boutonneux de Sciences-Po.

Quand les cafés sont envahis par les touristes, les authentiques germanopratins se réfugient dans les bars à la mode : la Librairie, le Montana de la rue Saint-Benoît, très prisés des fous de cinéma, producteurs, metteurs en scène et acteurs sans emploi. On est certain d'y croiser Louis Daquin, Alexandre Astruc, Yves Allégret ou Marcel Cravenne.

À l'Abbaye, dans la rue du même nom, les Anglais de Paris s'entassent dans le bar exigu pour écouter Gordon Heath dans de vieilles ballades anglaises accompagnées à la guitare.

À l'Échelle de Jacob, on se réunit le soir autour du piano de Léo Ferré présentant des chansons poétiques qui seront demain sur toutes les lèvres.

Les bistrots sont à la mode au début de ces années 50. Le Carrefour, au carrefour de la Croix-Rouge et près du Théâtre du Vieux-Colombier, est le rendez-vous des gens de scène, tels Michel de Ré, Romain Weingarten et Roger Blin. Le Saint-Claude est un café-tabac tapi à l'ombre de la statue de Diderot. Érigée devant la Brasserie Lipp, elle gênait la vue des clients de M. Cazes. L'encyclopédiste a alors été déménagé sur la placette Jacques-Copeau, 141-145, boulevard Saint-Germain. Il tourne le dos à la Librairie Nicaise, indifférent à la vitrine ornée depuis 1943 de superbes éditions originales, de livres illustrés contemporains, de lithographies et de dessins.

Dans ces années d'après-guerre, on fréquente aussi la Chope Gauloise, ou Charlot, rue du Four, ou le Barbac, rue du Bac, longtemps annexé par Antoine Blondin et ses amis, ou encore la Reine Blanche, sur le boulevard.

Le Mabillon est ouvert dès 6 heures du matin et accueille de jeunes écrivains, des membres d'un gouvernement polonais en exil, ainsi que Daniel Mauroc, directeur de la revue *Janus*.

Les Noirs de Saint-Germain-des-Prés ont choisi la Pergola, qui fait face au Mabillon, où ils entonnent le soir des negro-spirituals.

Les Argentins, quant à eux, ont élu domicile au Café de l'Oasis, situé rue Gît-le-Cœur.

Les amis de Picasso dînent au Catalan, rue des Grands-Augustins, en face de l'atelier du maître. Dans la rue, les Deux Marches, à la fois épicerie, café et restaurant, a jadis été fréquenté par les surréalistes. C'est maintenant le fief des jeunes littérateurs corses. Les dessinateurs Soro, Peynet, Effel et Bellus se donnent rendez-vous au Prince-Paul, rue Monsieur-le-Prince, où Jacques Tati se joint à eux pour chanter après boire.

Quant à la Rhumerie martiniquaise — aujourd'hui la Rhumerie tout court, pour soutenir avec la Guadeloupe la réputation du ti-punch —, c'est un point de rencontre obligé des lettres, du journalisme, de l'édition et de la peinture.

Si les guides sont avares de toques à décerner aux restaurants de Saint-Germain, c'est qu'il n'y a guère ici de ces établissements gastronomiques qui valent le détour. On préfère prendre un morceau sur le pouce plutôt que s'attabler dans l'une de ces salles à manger au prétentieux décor Louis XV. Qu'importe l'ordinaire, l'important c'est de parader aux terrasses des cafés. Comme Léon-Paul Fargue s'exclame dans *Méandres* en 1946 : « Cher Saint-Germain-des-Prés, où les ratés de l'aventure et les hurluberlus de l'Art ont la chance exceptionnelle de pouvoir siroter leur verre de chasse-brouillard entre un prince de l'esprit et un voyou de cinéma, sous le regard entendu, vaguement désespéré de quelques-unes de ces jeunes filles modernes à qui Richepin, dans sa fière jeunesse de vagabond rimeur, criait du haut de sa barbe : "Trop tôt l'adultère !"»

Ceux qui se sont retrouvés au Catalan, rue des Grands-Augustins, pour écouter de la guitare voient parfois entrer le voisin d'en face : Picasso, certains soirs, quitte volontiers son atelier pour se mêler à ses amis.

Il y a aussi le vieux Procope. Vendu aux enchères en 1900 après le décès de la baronne Thénard — faute de trouver ses véritables héritiers parmi les quelque dix-neuf testaments retrouvés —, il est acquis par l'Assistance publique. Ce nouvel acheteur ne doit en aucune façon toucher au fameux balcon de la façade : telle est l'une des conditions de la reprise. Et ce n'est qu'en 1940 qu'il se voit revendu à Mme de Jonquières ; son exploitation connaît cependant de nouvelles difficultés. Il reste fermé et ne retrouve un propriétaire qu'en 1957 : M. Deroussent tente bien de ranimer le vieux Procope, mais il faudrait pour cela lui donner une nouvelle jeunesse, et rafraîchir son décor bien délabré.

Les Cahiers des Saisons, revue littéraire dirigée par Jacques Brenner, y organiseront des dîners qui réunissent une pléiade d'écrivains, parmi lesquels Marie-Laure de Noailles, Marcel Jouhandeau, Jean-Louis Curtis, Jean Freustié, Georges Borgeaud, Jean Orieux et Jean-Louis Bory, ainsi que de nombreux critiques et journalistes.

Foin de la cuisine sophistiquée ! Au Petit Saint-Benoît, on garde les pieds sur terre et l'œil sur le « piano ». Dans son décor inchangé depuis des lustres, on y rencontre les têtes connues du quartier. Dès les beaux jours, son étroite terrasse est prise d'assaut par une clientèle cosmopolite qui, au coude à coude, vient retrouver sa jeunesse germanopratine dans la chaleureuse atmosphère du vieux bistrot.

Chez Calvet, le coq en pâte du mardi était déjà bien connu dans les années 30. Au 165, boulevard Saint-Germain, on pouvait y déguster, les autres jours, des confits d'oie et des pâtés du Lot. François Calvet, Lotois notoire, mitonnait parfois un cassoulet dont quelques-uns ont encore conservé le souvenir. Après la guerre, Jacques Chardonne y avait ses aises : il enseignait à de jeunes épigones voraces les subtilités du goût, leur apprenait à déguster un sauternes avec le foie gras sous les yeux de Mauriac choisissant avec maintes afféteries la bouteille de bordeaux pour son invité. On y rencontrait aussi Jean Cocteau, Christian Bérard et Simone Renan.

Les propriétaires se succéderont à la direction du restaurant mais aucun ne retrouvera cette qualité dans la simplicité. Calvet ne sera plus Calvet.

Au coin de la rue et du quai, les grands et petits salons particuliers de La Pérouse ne sont plus recherchés comme l'étaient jadis ceux de Foyot ! Dans ce décor délicieusement désuet, on croise davantage d'hommes d'affaires que de couples illégitimes.

La gouaille légendaire de Roger la Grenouille, enfin, fustigeant de sa verve argotique les dames envisonnées qui pénètrent dans son restaurant, assure un certain succès à l'établissement. À la disparition du patron, de naïfs touristes viendront encore y déchiffrer le triste menu de l'ardoise, croyant découvrir un « bistrot typiquement parisien ».

Mais le charme sera définitivement rompu. Dommage pour la flopée de crève-la-faim que Roger, en bon Samaritain qu'il était, a nourris chaque jour.

Les lettres et les arts

Durant ces années 50, Saint-Germain-des-Prés, microcosme littéraire de longue date, demeure toujours le séjour favori des écrivains.

La densité des éditeurs, les nombreuses librairies et tous les cafés littéraires font de ce quartier une sorte de domaine réservé des belles-lettres.

Pour le monde entier, il représente La Mecque du livre, il est le berceau international d'une civilisation de l'esprit.

Le XIXe siècle a déjà vu naître là les grands mouvements qui ont marqué la littérature universelle, du romantisme au naturalisme et au symbolisme, ainsi que les revues messagères de la créativité des grands écrivains, tels *La Revue des Deux Mondes*, *Le Mercure de France* ou *La Revue de Paris*, et les innombrables publications à l'existence plus ou moins éphémère.

Beaucoup de littérateurs considèrent alors comme un rare privilège de résider à l'intérieur des limites de ce véritable village.

André Gide et Julien Green écrivent la majorité de leurs ouvrages à deux pas d'ici, dans la paisible rue Vaneau. Benjamin Péret, indéfectible surréaliste, est un fidèle du quartier après son retour du Mexique. Et le poète Max-Pol Fouchet, créateur avec Henri Hell de la revue *Fontaine*, qui publia le poème de Paul Eluard, « Liberté », en 1942, est un fidèle de Saint-Germain-des-Prés, rondeur souriante habitant l'Hôtel Récamier, et reçoit ses amis au Royal Saint-Germain.

Adamov, Caucasien de Paris, perpétuel angoissé vivant en étranger dans ce monde en désordre, pour lui si dérisoire, exorcise sa répulsion dans des pièces de théâtre ; il abrégera ses jours à Saint-Germain-des-Prés. Tandis que Sartre et Beauvoir, victimes de leur excessive popularité, cesseront bientôt leur fréquentation des cafés dont ils ont fait la renommée.

L'écrivain égyptien Albert Cossery, enfin, auteur réservé de subtils romans, a élu domicile à Saint-Germain-des-Prés depuis plus d'un demi-siècle à l'Hôtel de la Louisiane.

Mais combien d'autres, célèbres ou inconnus, habitent alors les quais de Seine ou les rues étroites du légendaire périmètre.

René Julliard avait bien raison de ne jamais résister aux charmes des jeunes filles en fleurs. Une sauvageonne et candide fille d'un ministre belge arrive à Paris en 1951 pour lui soumettre le manuscrit de son premier roman : *Le Rempart des béguines*. Il la reçoit et, subjugué, publie celle qui signera sous le nom de Françoise Mallet-Joris ; *L'Empire céleste* recevra le prix Femina en 1958.

Une autre Françoise, adolescente elle aussi, fait son entrée en littérature trois ans plus tard, en 1954, sous le pseudonyme de Sagan. *Bonjour tristesse*, au titre mélancolique, est un récit innocent et pervers. Il enflamme aussitôt René Julliard qui décèle le charme si particulier de l'œuvre. Un succès teinté de scandale apporte bientôt la notoriété à la romancière.

Quant aux jeunes auteurs dramatiques, ils ne s'imposent pas tous avec le même bonheur ni avec la même aisance. L'un d'entre eux, Jacques Audiberti, a élu domicile au cœur de Saint-Germain-des-Prés, à l'Hôtel Taranne. Il donne ses rendez-vous aux cafés de Flore ou des Deux Magots, juste en face de chez lui. Il y rencontre les jeunes metteurs en scène André Reybaz, Georges Vitaly, Jean-Marie Serreau, Roger Blin et Jacques Polieri, qui montent avec des moyens dérisoires ses pièces ainsi que celles de Ghelderode, d'Eugène Ionesco, de Samuel Beckett ou encore de Jean Tardieu.

Dans les nouveaux périodiques comme *Opéra* de Roger Nimier, *Arts* ou *La Parisienne* de Jacques Laurent, on se gausse de la critique bourgeoise allergique au théâtre d'avant-garde. Et Gabriel Pomerand, poète lettriste, dénonce à sa manière le sectarisme académique : revêtu d'un habit vert, il alerte quelques photographes et pose devant la coupole de l'Institut.

Marcel Duhamel, quant à lui, publie dans la Série noire *Touchez pas au grisbi*, d'Albert Simonin qui remporte à la force du poignet le prix des Deux Magots en 1953, tandis que Mouloudji chante les poètes Carco et Prévert, et exporte bientôt sur la rive droite les chansons à succès de Saint-Germain-des-Prés.

Après les tribulations de la Libération, chaque éditeur fait son examen de conscience. Fallait-il cesser de publier des Livres ou, sous une occupation étrangère, continuer de défendre et de promouvoir le patrimoine littéraire et les écrivains français ?

Le comité d'épuration de l'édition, organisme sans pouvoir juridique, ne pouvant arbitrairement condamner un éditeur, fera long feu. Chez Gallimard, on s'empresse de publier des ouvrages politiques, tels ceux de Raymond Aron, d'Albert Camus, d'André Chamson, de René Char, d'Antoine de Saint-Exupéry ou de Léon Blum — tous peu susceptibles d'avoir eu la moindre sympathie pour le régime de Vichy. *La Nouvelle Revue française*, éditée pendant l'Occupation sous la direction de Drieu La Rochelle, reste cependant suspendue.

Inquiet de voir *La Table Ronde*, *La Nef* et quelques autres revues occuper la place de sa chère *NRF*, Gallimard accueille *Les Temps modernes* de Sartre. Mais Malraux, attaqué par la censure, menace de claquer la porte de la rue Sébastien-Bottin si la publication se poursuit chez Gallimard. *Les Temps modernes* émigrent alors chez Julliard puis, après l'obtention d'une dérogation spéciale, *La NRF* reparaît le 1er janvier 1953 sous le titre provisoire de *Nouvelle Nouvelle Revue française*. Le sommaire comprend toutes les grandes signatures de la maison : Jean Paulhan, Marcel Arland, Dominique Aury, André Malraux, Saint-John Perse et Léon-Paul Fargue.

Raymond Queneau, prix des Deux Magots en 1933 avec son premier roman *Le Chiendent* — dont la vente à l'époque n'avait pas dépassé les quelque 750 exemplaires —, remporte un éclatant succès en 1959 avec *Zazie dans le métro.* Directeur de collections, membre du comité de lecture où brille aussi l'impertinent Roger Nimier, Queneau milite pour un nouveau français, aux structures renouvelées grâce à l'utilisation de la langue parlée, voire argotique. Ses recherches burlesques sont illustrées par les *Exercices de style* : leur interprétation par les Frères Jacques fera les beaux soirs de la Rose Rouge.

Cinq jours avant le débarquement des Alliés en juin 1944, Bernard Gheerbrant, ancien étudiant en philosophie, avec ses amis Pierre Roustang, Jacqueline Lemurier et Nora Mitrani, ouvre une librairie au pied de l'immeuble faisant l'angle des rues Casimir-Delavigne et Monsieur-le-Prince. Le magasin possède un étage auquel on accède par un escalier intérieur. Gheerbrant veut organiser là des expositions de peinture afin d'attirer une clientèle susceptible de s'intéresser aussi aux livres de qualité.

Il associe très vite une galerie, en exposant dès décembre des gouaches de Lou Albert-

Lasard. Il publiera aussi de nombreux ouvrages, en particulier *Les Cahiers d'expression populaire*. Développant un rayon d'éditions originales, La Hune fait paraître en 1946 son premier catalogue.

L'emplacement favorise cette ambition : l'Odéon est à deux pas, les éditions Flammarion, Stock et les Presses universitaires tout près. Dès l'ouverture, Christian Bérard, un voisin, le célèbre décorateur de théâtre et l'ami de Serge Lifar et de Boris Kochno, y envoie ses amis fortunés.

Passionné de Van Gogh, Gheerbrant fait peindre les façades en jaune avec l'enseigne « Librairie-Galerie La Hune » en bleu. Mais pourquoi La Hune ? Car ce magasin, explique alors son fondateur, situé à l'angle de deux rues, ressemble à la proue d'un navire tandis que l'escalier intérieur évoque le mât d'un grand voilier montant au poste d'observation.

Dans l'atmosphère de cette fin de guerre, l'ancien élève de Bachelard ouvre sa librairie et, pour prendre date, rend visite à ses confrères et voisins, José Corti, Adrienne Monnier et Pierre Béarn. L'élite de la profession. « Vous commencez dans le métier avec deux brouettes de livres, ce n'est pas si mal. Mais ne comptez pas vous enrichir. Vous irez à la retraite avec deux wagons et ce sera tout ! » lui dit Béarn.

Tandis que la guerre se poursuit et que les garçons s'engagent dans la Résistance, La Hune poursuit son activité sous la direction de leur amie Jacqueline Lemurier. Après la Libération, Gheerbrant met à exécution sa formule de librairie-galerie, visant à attirer du monde et à vendre des livres choisis et rares à un Tout-Paris très friand de nouveautés.

La Hune s'installe, en 1949, 170, boulevard Saint-Germain, entre le Flore et les Deux Magots. Bernard Gheerbrant charge Pierre Faucheux de l'aménagement de sa nouvelle librairie. Son inauguration a lieu le 12 mai 1949 avec la présentation des gravures d'André Masson illustrant *Les Conquérants* d'André Malraux. Les expositions ne cesseront dès lors de se succéder.

Un amoureux des livres, jeune docteur en médecine, soutient sa thèse en 1909 sur *Le Roman scientifique de Zola : la médecine et les Rougon-Macquart*. Pour Henri Martineau, c'est le début d'une carrière entièrement vouée à la littérature.

Il fonde sa revue, *Le Divan*, puis, sous le même nom, ouvre en 1921 une librairie et une maison d'édition au coin de la rue Bonaparte et de la rue de l'Abbaye. Cet érudit, stendhalien inconditionnel, publie de nombreux ouvrages sur son écrivain de prédilection. Jusqu'à sa mort, en 1958, il vit comme un cénobite dans sa caverne, entouré des ombres de ceux qu'il a édités : Paul-Jean Toulet, Jean-Marc Bernard, Tristan Derème, Maurice de Guérin, Paul Valéry.

Au pied de la petite maison basse au toit de zinc, la librairie, d'un bleu délavé, est longtemps demeurée comme un magasin de village égaré à Paris.

La peinture et la littérature ont toujours fait fort bon ménage à Saint-Germain-des-Prés. Des artistes tels qu'André Derain, Gaston-Louis Roux et Alfred Janniot ne sont-ils pas parmi les fondateurs du prix des Deux Magots et de fidèles habitués des cafés littéraires ?

Au cours de l'hiver 1937, Pablo Picasso a pris un atelier situé au 7 de la rue des Grands-Augustins : c'est ici qu'il achève son tableau *Guernica*. Au Flore, il fait la connaissance de Dora Maar et prend l'habitude de venir y boire un verre en fin de matinée. Il y retrouve Man Ray, l'ami de Marcel Duchamp et de Francis Picabia, dont l'art consiste à introduire dans ses œuvres des matériaux divers afin de créer des calembours plastiques. Adepte de Dada puis surréaliste, ce peintre et ce photographe du merveilleux représente l'une des figures les plus attachantes de Saint-Germain-des-Prés.

Le Corbusier, un autre fidèle du quartier, aime, entouré de ses amis, venir rebâtir le monde à la terrasse du Flore. Et Alberto Giacometti, solitaire et étrange, quitte son atelier de Montparnasse pour se mêler à l'intelligentsia germanopratine.

Serge Poliakoff, inventeur de cet espace pictural à deux dimensions obtenu par l'interpénétration de plans colorés, réside à Paris depuis 1923, mais ce n'est qu'en 1945 que son art sera enfin reconnu grâce à sa première exposition personnelle organisée par la Galerie l'Esquisse, installée rue des Beaux-Arts.

Jean Arp, ami de Max Jacob, de Modigliani, de Picasso et de Robert Delaunay, artiste indépendant mêlé à tous les grands mouvements européens de rénovation, abandonne souvent son atelier de Meudon pour participer aux amicales et enrichissantes conversations de ses contemporains.

Et la présence de l'école nationale des Beaux-Arts, cette institution tricentenaire où des milliers d'élèves travaillent sous la direction de maîtres reconnus, n'assure-t-elle pas également à Saint-Germain-des-Prés sa vocation de foyer international de l'art vivant ?

Dans les années 20, la rive gauche n'est pas encore le terrain favori des galeries. Pierre Loeb fonde cependant, en 1924, sa Galerie Pierre, située 13, rue Bonaparte, où il montre les tableaux de Joan Miró dès juin 1925 et organise la première manifestation surréaliste en novembre de la même année. Dans sa nouvelle galerie — transférée en 1927 au 2 de la rue des Beaux-Arts — il présente la première exposition personnelle de Balthus en avril 1934 et celle de Victor Brauner en décembre. Puis ce sera Wifredo Lam en 1939 et, en 1947, des dessins d'Antonin Artaud. En 1949, il s'intéresse particulièrement à des œuvres de Georges Braque. En décembre 1963, cinq mois avant sa mort, Pierre Loeb ferme sa prestigieuse galerie.

Édouard, son frère jumeau, également fidèle à Saint-Germain-des-Prés, ouvre à son tour, en 1953, une galerie sise 53, rue de Rennes, où, durant trente ans, il présentera les travaux de Bram Van Velde, Ernst, Duchamp, Gilioli et Arp. Et Albert Loeb, à l'instar de ses aînés, après une expérience américaine de quelques années, ouvre sa galerie au 10 puis au 12 de la rue des Beaux-Arts pour montrer les productions de grands peintres contemporains ainsi que les arts africains et océaniens.

Dans les années 50, les galeries sont devenues tout aussi nombreuses que les magasins d'antiquités. La Galerie Chardin, fondée en 1943, ouvre ses portes au 36, rue de Seine par un hommage au maître de la nature morte et en conserve le nom. Fontanarosa, Volti, Schürr, Mouly, Charlot et Marzelle ont souvent l'honneur de ses cimaises. En face, la galerie Stadler, installée au 5 de la même rue en 1955, donne à voir d'intéressantes œuvres contemporaines.

Dina Vierny, dès 1947, présente 36, rue Jacob des dessins de Maillol et des amis du sculpteur. Quant à Denise René, elle quitte en 1966 la rue La Boétie pour le boulevard Saint-Germain où elle bouscule quelque peu le conformisme du noble faubourg par des expositions d'avant-garde. La Galerie Framond, 3, rue des Saints-Pères, soutient les jeunes peintres et montre régulièrement les créations d'un rigoureux ascétisme de Georges Rohner.

Saint-Germain-des-Prés est à l'antiquité ce que Saint-Ouen est à la brocante. Si la littérature, la peinture, la sculpture, l'architecture et la musique ont vécu, travaillé et bu à l'ombre du vieux clocher, cette aristocratie du commerce parisien occupe presque tout le quartier. Pas de rue sans antiquaire. À tel point qu'il est très difficile de déterminer si c'est la rue des Saints-Pères qui détient le record des magasins, ou celle du Cherche-Midi, ou, encore, la rue Jacob, la rue de l'Université, la rue de Verneuil.

On ne sait si l'usure des choses provoque ce que la madeleine de Marcel Proust remémorait au narrateur, ce temps perdu et retrouvé chez Madeleine Castaing qui, dans ses somptueuses vitrines de la rue Jacob, présentait un objet rare à côté du bibelot ornant autrefois le buffet d'une loge de concierge.

L'anglomanie de Higgins renvoie au goût raffiné de la fin du siècle dernier avec ses trompe-l'œil et ses meubles d'acajou blond, tandis que l'antre de Jacques Damiot, en cette rue Jacob, a été celui d'un véritable enchanteur : formé par Christian Bérard, il a suscité la curiosité des flâneurs du samedi par ses boîtes à musique et ses personnages mécaniques, jusqu'à leur exil dans un musée à Neuilly.

Premier hippy historique, Raymond Duncan, le frère de la célèbre Isadora, a enseigné l'expression corporelle au travers de danses inspirées de la Grèce antique dans une boutique-campement établie rue de Seine. Sa maigre silhouette — toge, front ceint d'un ruban retenant ses cheveux et sandales spartiates — a longtemps fait partie des ombres chères du quartier de Saint-Germain-des-Prés.

Aujourd'hui, la nuit du Carré rive gauche, association des marchands d'art ayant vitrine sur rue, entre la Seine et le boulevard Saint-Germain, constitue l'un des événements marquants de la saison de Paris, avec Jean Wanecq, rue des Saints-Pères, Jacques Perrin, Alain Demachy, Nicolier, quai Voltaire et Georges Lefebvre, rue du Bac.

Depuis sa Bourgogne où il s'est retiré avec ses « Copiaux » en quête d'un véritable théâtre populaire, Jacques Copeau se soucie-t-il encore de son cher Vieux-Colombier ? Après une hibernation de quelques années, ce haut lieu de Saint-Germain-des-Prés reprend enfin vie sous la direction d'Annet Badel, avocat de formation, une sorte de Jules Berry du barreau. Un personnage, que cet Annet Badel : on raconte que durant l'Occupation il eut l'idée de vendre le bois de Boulogne aux Allemands ! Époux de la comédienne Gaby Sylvia, il ouvre sa saison par la pièce de Sartre, *Huis clos*. La première a lieu le 27 mai 1944 : ses interprètes sont Gaby Sylvia, Tania Balachova et Michel Witold. C'est l'événement théâtral de cet immédiat après-guerre.

En décembre 1948, le Vieux-Colombier affiche la première pièce de Marcel Aymé, *Lucienne et le boucher*, jouée, dans des décors de Douking, par Valentine Tessier, Robert Arnoux dans le rôle du boucher — l'objet de tous les désirs de Lucienne —, et Henri Crémieux en horloger étriqué et terrorisé par sa dévorante épouse. Dans le même temps, le théâtre accueille aux heures creuses certains conférenciers. L'un d'entre eux, et non des moindres, Antonin Artaud, avait fait scandale avec son éclatant *Pour en finir avec le jugement de Dieu* en 1947.

Au fil des soirées, de nouveaux spectacles révèlent de jeunes talents : Michel de Ré aux côtés d'Anne Olivier dans *Chaînes* d'Henri Michaux, le jeune et svelte Raymond Devos avec son partenaire Robert Verbecke dans *La Perle du Colorado* de Frédéric Dubois, et, plus tard, Silvia Monfort dans *Marie Stuart*.

Pendant les travaux du Vieux-Colombier, le spectacle continue. Annet Badel, sentant venir le vent, fait débarrasser la réserve à décors du sous-sol pour ouvrir un club qui accueille

Claude Luter chassé du Lorientais, sa cave de la rue des Carmes ; Sidney Bechet l'y rejoint avec son saxo soprano. Et le Tout-Paris s'y écrase bientôt. Dans ce lieu emblématique de Saint-Germain-des-Prés, Jacques Becker va tourner en 1949 *Rendez-vous de juillet*.

C'est à Saint-Germain-des-Prés que le théâtre d'avant-garde prend son essor une fois la paix retrouvée. « Trois Cassandre de cette apocalypse sont trois déracinés, trois Français d'adoption nés en Irlande, en Russie ou en Roumanie. Ils s'appellent Beckett, Adamov, Ionesco », raconte P.-A. Touchard.

Une nouvelle salle, le Théâtre de Babylone, présente le 5 janvier 1953 la première pièce de Samuel Beckett : *En attendant Godot*. Une singulière dénonciation de l'absurdité, mise en scène par Roger Blin et dans laquelle on remarque Jean Martin en Lucky, l'homme-cheval, Roger Blin lui-même en Pozzo, Pierre Latour en Estragon, Lucien Raimbourg en Vladimir et Serge Lecointe, un jeune garçon.

Eugène Ionesco, après le succès de ses premières œuvres, fait jouer en ce même théâtre *Amédée ou Comment s'en débarrasser*, où, comme cela est son habitude, le comique naît de l'insolite, traité à la manière d'un élément banal. Au

Théâtre Récamier, une autre salle du quartier, il présente en 1960 *Rhinocéros*, la composition peut-être la plus dérangeante de toute son œuvre.

L'Odéon, seconde scène du Théâtre-Français, reprend en 1956 *La Machine à écrire* de Jean Cocteau : créée à Paris en 1941, cette pièce fondée sur la délation anonyme est mise en scène par Jean Meyer et offre une distribution éclatante : Lise Delamare, Jacques Dacqmine, Robert Hirsch et Annie Girardot.

Après l'échec de sa Chimère, ouverte à Saint-Germain-des-Prés en 1926, Gaston Baty, directeur de troupe, metteur en scène et cofondateur du Cartel — Dullin, Jouvet, Pitoëff et lui-même —, émigre à Montparnasse pour fonder son propre théâtre. Il consacrera les dernières années de son existence aux spectacles de marionnettes.

Une autre figure importante est Isidore Isou, fondateur du lettrisme, cette école poétique qui préconise la primauté du son sur le sens par l'emploi d'onomatopées. Il commet une pièce de théâtre, *La Marche du jongleur*, montée par Jacques Polieri, autre germanopratin affirmé.

« Beaucoup de pierre pour peu d'eau », aurait dit Voltaire, laconique, en contemplant la Fontaine des Quatre Saisons, érigée rue de Grenelle. Deux siècles plus tard, Jacques Prévert remédie à la carence de l'œuvre du sculpteur Edme Bouchardon en y désaltérant chaque soir le Tout-Paris assoiffé de gaieté et de bonne humeur.

Cabaret établi à la frontière du Saint-Germain-des-Prés historique et du faubourg Saint-Germain, la Fontaine des Quatre Saisons, comme sa jumelle la Rose Rouge, présente de véritables spectacles qui préfigurent ceux du café-théâtre d'aujourd'hui.

La Compagnie Grenier-Hussenot y joue un divertissement burlesque où l'imagination le dispute à l'invention. Jacques Prévert, auteur avec Joseph Kosma de plusieurs chansons des Frères Jacques — *Barbara*, *L'Inventaire*, *La Pêche à la baleine*, entre autres —, les attire dans le cabaret de son frère. Et contrairement aux apparences, ils ne sont pas quatre mais bien cinq : le plus important est sans doute celui que l'on n'attend pas, leur accompagnateur André Philippe. De janvier à mai 1958, ils remporteront un franc succès. Leurs costumes de gymnastes 1900 dessinés par Jean-Denis Malclès, leurs moustaches postiches et leurs chapeaux hauts-de-forme sont les accessoires insolites avec lesquels leurs numéros atteignent la perfection.

De jeunes artistes débutent en cette rue de Grenelle, tels Pierre Perret, Jean Yanne et Lucienne Raillat, avec un nouveau venu, Philippe Clay, interminable silhouette et yeux exorbités, qui adapte son étrange physique à un étrange répertoire. Puis vient l'inénarrable Jacques Dufilho qui, dans des sketches cocasses, laisse entrevoir le grand acteur qu'il deviendra.

Vedettes du cinéma, du théâtre et du show-business, gens d'affaires et du monde viennent s'amuser après les spectacles et se retrouver entre eux à la Fontaine des Quatre Saisons. Autre attraction : Jacques Prévert, avec une attention toute fraternelle, accueille de temps en temps les hôtes de marque du patron en chasseur inattendu.

Les sempiternelles rengaines des amours malheureuses, les traditionnels marins et les vaillants légionnaires de la chanson réaliste ne font désormais plus recette. Les quatre années d'Occupation ont entièrement bouleversé le conformisme du music-hall et rendu définitivement caduques les vieilles règles du succès.

À Saint-Germain-des-Prés, on chante un peu partout : à l'Échelle de Jacob, Aux Assassins, à la Galerie 55, au Saint-Yves, à la Rose Rouge ou encore à la Fontaine des Quatre Saisons. Ici, Léo Ferré entonne ses goualantes poétiques, là on reprend en chœur des refrains de la Belle Époque entre les apparitions désopilantes de Henri Virlojeux et de Jacques Dufilho.

Poésie, humour et bouffonnerie sont à l'ordre du jour de la nouvelle génération. On écrit, on compose, on interprète des couplets dont le vocabulaire n'a décidément plus rien en commun avec celui des tours de chant de grands music-halls, tels l'ABC ou l'Alhambra, malheureusement condamnés à disparaître à brève échéance.

En ces années 50, la chanson se dote de nouveaux paroliers. Ce sont des écrivains, des poètes, et non des moindres. Ce sont Raymond Queneau, Jean-Paul Sartre, Jacques Prévert ou Pierre Mac Orlan, bientôt suivis par André Hardellet, Maurice Fombeure et Jean-Roger Caussimon, et par des auteurs-compositeurs-interprètes, les Léo Ferré, Georges Brassens, Jacques Brel, Guy Béart, Henri Salvador, Charles Aznavour et Serge Gainsbourg, sans oublier l'inépuisable Charles Trenet.

Une véritable révolution s'opère dans l'enregistrement phonographique sur disque puis sur bande magnétique ; elle reléguera au magasin des accessoires le phonographe mécanique et ses disques durs. Les nouveaux électrophones et le transistor intensifient la diffusion de la chanson ; elle cesse alors désormais d'être considérée comme un art mineur. Et les nouveaux venus du show-business s'imposent auprès du grand public. Certains, après leur succès dans les cabarets de la rive gauche, iront brûler les planches de l'Olympia, dernier bastion du music-hall parisien.

Du Bar Vert au Tabou

Pour ceux qui ont inventé ou vécu le nouveau Saint-Germain-des-Prés, 1950 est l'année charnière entre les années permissives de l'après-guerre et celles de la récupération du quartier par le tourisme et le commerce. On vient à Saint-Germain comme on allait s'encanailler autrefois à Montmartre ou à Montparnasse, avec un rien de curiosité malsaine. Mais la vie nocturne des caves réputée sans contraintes et sans interdits est beaucoup plus chaste que ce qu'en diront certains journaux. Les prétendues orgies du Tabou ne sont pas plus licencieuses que les soirées de rapins à la Coupole en 1930.

Dans son *Manuel de Saint-Germain-des-Prés*, Boris Vian s'élève contre les allusions graveleuses de certains journalistes : « Ce fiel sournois du pisse-copie type attaquant par-derrière ceux qui le font vivre [...], un exemple est très caractéristique, écrit-il, c'est l'accusation alternative, portée contre “l’existentialisme”, de chasteté totale ou de priapisme délirant. »

« Existentialisme ! » Le mot est lâché, il fera le tour de Paris, de la France puis du monde entier — jeté un soir au Tabou à l’adresse d’un chroniqueur de *Samedi-Soir* par Juliette Gréco et Anne-Marie Cazalis. « Qui êtes-vous ? » demande l’échotier. Les deux filles ont des lettres, elles ont lu les ouvrages de Sartre alors très à la mode. Elles répondent en riant : « Existentialistes ! » L’hebdomadaire s’empare aussitôt du mot. On ne désigne plus autrement les jeunes qui hantent Saint-Germain-des-Prés.

« Il n’y a plus d’après à Saint-Germain-des-Prés », chante Gréco. Il y en a hélas ! Mais de moins purs, de moins candides. Pour la jeunesse, le rêve s’achève. Il ne s’agit plus de chanter, de danser et de s’amuser mais de travailler, de « retrousser ses manches ».

Le temps qui passe est source de légendes plus ou moins fantaisistes. Comment est né le Saint-Germain-des-Prés de l’après-guerre ? Les réponses sont vagues. Il est rare d’entendre prononcer le nom des véritables créateurs, oubliés au profit de ceux qui, depuis, se sont fait un nom beaucoup plus médiatique.

Tout est parti du Bar Vert, 10, rue Jacob, en 1945. Le premier bar américain du quartier ouvert par Henri Leduc. Quadragénaire montmartrois au sourire gouailleur, Leduc connaît tout le monde. Il est à tu et à toi avec ses clients : des peintres, des gens de cinéma, des journalistes. Ancien ouvrier, employé, acteur, camelot et régisseur, Leduc, avec son front dégarni et sa petite moustache, a tout du Français moyen.

Au Bar Vert, on sert du café au lait, ce qui est alors peu courant. Prévert prend l'habitude de venir en boire avec ses amis, chaque jour, à 14 h 30. Il arrive parfois que l'un d'entre eux dise des vers du poète ; il s'établit un silence parfois troublé par les invectives jetées au retardataire qui pousse malencontreusement la porte du bar.

La réputation du Bar Vert est bien vite établie dans la jeunesse germanopratine. Chaque soir, on y croise Alexandre Astruc, Anne-Marie Cazalis, Gréco, Vadim ou Yvan Audouard.

Gabriel Pomerand est aussi un habitué du Bar Vert et du Tabou. Isidore Isou, dans la revue *Bizarre*, en 1964, souligne son « aspect étrange, primitif et raffiné que lui donnait d'abord une tête pareille à une boule de charbon incandescente couronnée d'une tignasse broussailleuse semblable à un réseau de barbelés emmêlés — tête hirsute qui allait faire date et servir de modèle à un type de poètes de l'époque ».

Mais un changement de propriétaire survient : Leduc cède son bar à Bernard Lucas. Un Parisien, grand garçon mince qui vit au milieu des beaux livres et de ses disques de musique classique. Ce curieux barman a été rédacteur en chef de la revue *Arts et lettres* et est l'auteur d'un roman, *Journal d'un déserteur*. C'est lui qui créera le Tabou en avril 1947 et le cédera en juin à Fred Chauvelot — un fils de bonne famille qui se destinait à la diplomatie — pour en reprendre la direction jusqu'en octobre 1948. Il quittera alors le Tabou pour mieux se consacrer à ses chères études musicales.

Son arrivée au Bar Vert correspond à la grande époque où Antonin Artaud, Roger Vailland, René Tavernier, Roger Blin, Raymond Queneau ou encore le peintre Matta se retrouvent rue Jacob. Sartre y passe parfois dans l'après-midi. Le Bar Vert est alors déserté par la bande à Prévert et devient un rendez-vous mondain et cosmopolite fréquenté par Porfirio Rubirosa, traînant derrière lui des Latino-Américains, des mannequins et des acteurs en vogue.

Les origines du Tabou, dit Boris Vian, sont à rechercher au Bar Vert de cette rue Jacob. Le petit café situé 32, rue Dauphine est un modeste bistrot ouvert toute la nuit. Voisin des Messageries Hachette, il bénéficie de ce privilège afin de servir à boire aux employés de la presse quotidienne accomplissant leur tâche nocturne.

Les patrons, M. et Mme Guionet, couple d'anciens charcutiers toulousains, ont acheté après la guerre ce fonds de commerce avec les économies thésaurisées durant les années d'Occupation — période prospère pour les charcutiers.

C'est un petit estaminet comme il en existe tant à Paris, de couleur chocolat, avec sa raison sociale peinte en jaune. À partir du mois de septembre 1946, des artistes noctambules s'y retrouvent après la fermeture des grands cafés et du Bar Vert : les peintres Dessau et Wols, les écrivains Sartre, Merleau-Ponty, Camus et Pichette, des poètes, Toursky, Beaumont.

Bernard Lucas, après la fermeture de son bar, prend également l'habitude d'y passer avant de rentrer chez lui. Un soir, alors qu'il sirote un verre en compagnie de Toursky, celui-ci lui raconte qu'il dirige à Marseille le Club des

Amis du Vieux-Port, un endroit sympathique très réputé dans la région. Pourquoi ne pas monter la même chose à Paris ? Lucas saute sur l'idée : le café possède une cave qui pourrait faire l'affaire, elle est peut-être humide car la Seine passe à deux pas. Il demande au patron de la visiter. Elle est voûtée et sans aucune trace d'humidité.

Quatre mois de négociations seront nécessaires pour convaincre le cafetier de céder son sous-sol. Le récent succès de l'orchestre de Claude Luter dans la cave du Lorientais, rue des Carmes, a dû fortement peser dans sa décision.

On entre au Tabou par une porte vitrée et derrière un rideau, et c'est déjà la cohue. Robert Auboyneau — fils de diplomate, neveu d'amiral et brillant journaliste — filtre la clientèle, ceci pour le respect du statut de club privé, selon la loi de 1901. Seuls passent les personnalités, les têtes connues, les copains. On descend alors, en faisant bien attention à ne pas se cogner, un abrupt escalier en pierre pour aboutir à un long couloir voûté genre station de métro très sale. À l'une des extrémités, une estrade en forme de paillote, à l'autre un bar en chêne à côté d'un réduit appelé vestiaire.

Claude Luter, ce grand garçon de vingt-six ans, d'un mètre quatre-vingt-quatre et de quatre-vingts kilos, est le rénovateur du jazz dit « Nouvelle-Orléans ». Avec son orchestre, il investit en mai 1946 la cave de l'Hôtel des Carmes, rue des Carmes, impose une musique laissant une large place à l'improvisation collective fondée le plus souvent sur les blues des musiciens noirs américains. Il est le premier à lancer une cave hors des limites de Saint-Germain-des-Prés.

Une jeunesse estudiantine vient ici en fin d'après-midi se rassasier de jazz. Responsable de la désertion des salles de classe, l'établissement a maille à partir avec les parents d'élèves, inquiets de voir leurs enfants préférer le répertoire de King Oliver au manuel de Lagarde et Michard. Ils finiront par avoir raison du Lorientais ; Luter poursuivra sa carrière au Vieux-Colombier. Jacques Becker, dans son film *Rendez-vous de juillet*, s'est efforcé de faire revivre l'atmosphère de cet épisode de la vie des jeunes gens d'après-guerre.

Boris Vian a tout de suite repéré cette cave à musique et y entraîne Sartre et Queneau. Luter conservera toujours à l'égard de Vian un sentiment de gratitude pour lui avoir amené toute l'intelligentsia de l'époque, et l'avoir ainsi imposé au monde international du jazz.

Au Lorientais, rue des Carmes, Boris Vian estime que le style vestimentaire en vogue à Saint-Germain-des-Prés est né, ici, rue des Carmes : « Luter et ses copains, régulièrement fauchés, raconte-t-il dans son *Manuel*, s'habillaient volontiers de leurs propres mains et il en résultait des accoutrements surprenants mais non dénués d'intérêt, allant de la combinaison lapone aux carreaux les plus abrutissants, le tout agrémenté parfois d'œillets, de ficelles, et de détails multiples. »

À son retour des États-Unis, en 1947, Simone de Beauvoir donne une fête au Lorientais. Joyeuse nuit de retrouvailles. Vian, ce soir-là, tient le bar et concocte des « mélanges implacables » dont les invités ont tôt fait de mesurer les effets. Giacometti et quelques autres invités ne tardent pas à s'endormir malgré l'irrésistible musique de l'orchestre de Luter. Simone de Beauvoir dit avoir tenu jusqu'à l'aube et oublié son sac à main en partant. Elle revient le lendemain, accompagnée de Sartre, pour reprendre son bien quand le concierge lui demande : « Et l'œil, vous ne voulez pas de l'œil ? » L'homme explique qu'un œil de verre a été retrouvé sur le piano et qu'il doit appartenir à un ami de Boris Vian : c'est l'œil du Major, alias Jacques Loustalot.

Lorsque le club du Tabou est créé, il ne s'agit pas d'une exploitation commerciale mais d'une simple association d'amis, dont les membres fondateurs sont, entre autres, l'écrivain Roger Vailland, Frédéric Chauvelot et l'universitaire Jean Domarchi.

Le jour de son ouverture, le 11 avril 1947, la petite bande de copains est réunie dans la cave aménagée avec des moyens de fortune. Un méchant pick-up est chargé de diffuser une ambiance musicale. Il se verra bientôt remplacé par quelques musiciens : le jeune trompette Guy Longnon, qui sera plus tard professeur de musique de jazz au conservatoire de Marseille, et surtout Timsy Pimsy qui, sous le nom de Teymour Nawab, chante des blues, des ballades anglaises d'une voix déchirante, en s'accompagnant d'une guitare. Irlandais par sa mère et persan par son père, Pimsy, riche et généreux, n'a pourtant jamais un sou sur lui : il s'habille de guenilles, chante une partie de la nuit, puis s'en va au petit matin, chaussé de vieilles espadrilles, traînant sa guitare au bout d'une ficelle.

Mais pour le moment, l'orchestre du Tabou ne fait guère de concurrence au Lorientais. On vient à pied de la montagne Sainte-Geneviève pour entendre du vrai jazz, et chaque soir la cave de l'Hôtel des Carmes affiche complet.

C'est au début de 1947 que Luter est réellement consacré : dans *America Jazz 47*, il est photographié en très bonne compagnie, avec Tyrée Glenn, le trombone et chanteur noir de l'orchestre Don Redman, avec Raymond Queneau, Jean-Paul Sartre, Jean d'Halluin, l'éditeur de Vernon Sullivan et de Sally Mara — alias Boris Vian et Raymond Queneau. Le Lorientais a séduit tout Saint-Germain-des-Prés ; on y croise Marcel Duhamel ou Paul Eluard. Et on y est encore plus serré qu'aux beaux soirs du Tabou.

En juin 1947, Bernard Lucas retourne diriger le Bar Vert et repasse le Tabou à Fred Chauvelot. À la demande de ce dernier, Boris Vian forme un orchestre avec ses deux frères : Alain à la batterie, Lélio à la guitare et Guy Montassut au saxo ténor. Boris assure la partie trompette. Dans son *Manuel*, il se souvient : « Tous les amis venaient là "faire la jam" ou plutôt "faire un bœuf", selon l'expression consacrée. Très vite, le Tabou devint alors un centre de folies organisées. Disons-le tout de suite, aucun des clubs qui suivirent n'a pu recréer cette atmosphère incroyable, et le Tabou lui-même, hélas ! ne la conserva pas très longtemps ; c'était d'ailleurs impossible. »

L'épaisse fumée des cigarettes s'élevant des tables demande à celui qui arrive au Tabou un instant pour s'acclimater. C'est alors qu'il aperçoit les banquettes placées contre les murs, des tables et des tabourets en bois peu confortables. Se frayer un chemin pour gagner sa place semble impossible, car au milieu de ce boyau souterrain on danse, ou tout au moins les couples sont dans l'attitude qui le laisserait supposer. Serrés les uns contre les autres, presque immobiles, ils ondulent légèrement tandis que sous son toit de roseaux l'orchestre s'époumone en jouant de vieux standards de Nouvelle-Orléans. Les deux garçons, Jacques et Georges, se livrent à un exercice de haute école pour amener les consommations à leurs destinataires.

Enfin assis, ou tout au moins une fesse posée sur un tabouret, on discerne les danseurs. Les très jeunes portent l'uniforme à la mode : les garçons chemise à carreaux et baskets, les filles pull-over noir et jupe. D'autres, plus sages, portent cravate.

Au bar, Paul tente de donner satisfaction aux deux garçons. Mme Junger, à la caisse, additionne, encaisse, rend la monnaie avec abnégation. Dès que l'orchestre s'arrête, arrivent sur la piste les poètes qui veulent à tout prix se faire entendre. C'est alors un brouhaha d'invectives et d'injures, Gabriel Pomerand hurlant des onomatopées dont l'étrange poésie semble échapper au public du Tabou.

Gréco et Cazalis, la brune et la rousse, la vigoureuse et la frêle, font le bonheur des photographes ; les hebdomadaires ont trouvé avec le Tabou de quoi alimenter leurs pages d'échos. Un incident qui se produit un soir ne passe ainsi pas inaperçu. Un monsieur des plus honorables, dont la personnalité lui a permis de franchir sans encombre le contrôle de Robert Auboyneau, s'adresse dès son arrivée à Juliette Gréco. « Bonsoir, mon petit », lui dit-il en lui appliquant une tape sur les fesses. Gréco n'apprécie pas, mais pas du tout, ce genre de familiarité ; elle se précipite sur l'individu, le gifle, le griffe, le frappe, puis, s'emparant d'un tabouret, lui en assène un violent coup sur la tête. M. Louis Vallon, directeur de la Monnaie, familier du général de Gaulle, le visage tuméfié, la tête en sang, est reconduit quai de Conti dans ses appartements. On dit que le lendemain le Général, au cours de l'audience donnée à ce haut fonctionnaire, se serait étonné de l'état de son visage : « Je me suis cogné », aurait murmuré Vallon. Quelque temps plus tard, la presse se chargea de donner au Général des informations plus détaillées à propos de l'incident.

Mais il arrive qu'un simple écho passe à la page des faits divers et frôle l'émeute. Les braves gens de la rue Dauphine estiment que leur patience est arrivée à son terme. Chaque nuit, le va-et-vient des voitures et les rites des couche-tard viennent troubler leur sommeil. Leurs démarches auprès du commissaire étant demeurées sans effet, ils décident de se faire justice eux-mêmes en déversant sur la tête des noctambules ce qu'ils destinent au tout-à-l'égout.

La presse publie alors une lettre ouverte au commissaire de police du VIe arrondissement dans laquelle les riverains somment la force publique d'intervenir : « Nous vous avisons, nous pères de famille, mères de famille et honnêtes travailleurs, que nous sommes décidés, monsieur le Commissaire, vu votre carence, et bien à contrecœur, à assurer notre police nous-mêmes et à vous tenir pour responsable des conséquences, quelles qu'elles soient, qui ne vont pas manquer d'en résulter. La rue Dauphine, qui s'est signalée par son courage lors de la libération de Paris, se signalera en se libérant du Tabou. » Voilà un avertissement qui va trouver une heureuse issue : le Tabou ferme pour les vacances d'été. Le commissaire est soulagé, mais que se passera-t-il donc à la rentrée ?

L'activité du club reprend : à l'élection de Miss Tabou, les concurrentes se livrent à un amusant effeuillage sans commune mesure avec le strip-tease qui fera fureur quelques années plus tard. Cependant la presse bien-pensante n'hésite pas à parler d'« étranges et belliqueuses bacchanales ».

À l'élection de Miss Vice, la demoiselle est plus sexy que perverse ; à l'élection de l'Apollon du Tabou, les messieurs en slip ou en caleçon gonflent leurs pectoraux et, à la nuit de l'Innocence, des demi-vierges exhibent des lis et des fleurs d'oranger. Tout cela semble bien innocent.

Les thèmes pour des nuits folles ne manquent pas : nuit de Chicago avec gangsters aux poches bourrées de colts, ou nuit des Westerns avec des filles habillées comme des *girl*s de saloon.

Si Cazalis et Doelnitz se réjouissent du succès du Tabou, Gréco, en revanche, ne se sent plus à son aise dans cette cave où l'on vient voir des « existentialistes ». Elle tente bien de chasser les curieux, mais la vogue du club est telle que chacun veut connaître ce « monument » parisien. Sartre, sans être, comme on l'a souvent dit, un habitué du Tabou, viendra une ou deux fois avec Simone de Beauvoir. Peut-être est-ce là le début de cette confusion entre l'existentialisme de Saint-Germain-des-Prés et la philosophie nommée existentialisme. Sartre s'est lui-même demandé si les jeunes gens ainsi baptisés revendiquaient cette étiquette ; il est sûr que la plupart n'ont pas lu *L'Être et le Néant*, et qu'ils ignorent les principes de sa philosophie. L'existentialisme se résume pour eux à quelques notions primaires proclamées dans ce décalogue dont l'auteur n'a pas eu l'audace de revendiquer la paternité :

Journaliste révéreras
Et Photographe également
Tes père et mère maudiras
Tu vivras dangereusement
De la fine à l'eau tu boiras
Sans jamais payer en argent
Femme en homme te vêtiras

D'un pantalon noir très collant
Chemise à carreaux porteras
Ou vieux chandail aussi souvent
À contre-temps tu danseras
En bebopant énormément
L'amour rarement tu feras
Et non sans un ricanement
Des poèmes tu écriras
Et les diras l'air méprisant
Au cinéma tu chercheras
À te faire un nom reluisant
En Jean-Paul Sartre tu croiras
Sans savoir ce qu'il y a dedans.

Boris Vian explique dans son *Manuel* que ce dernier commandement est responsable de l'amalgame établi entre la religion des caves et l'existentialisme. Car qui peut donc, hormis Sartre, Beauvoir et Merleau-Ponty, prétendre au titre d'existentialiste ? Sartre tentera souvent de faire comprendre « aux autres », comme il appelle les leaders d'opinion et les journalistes, que cette jeunesse-là n'a rien à voir avec lui, et lui rien à voir avec elle. Ceux qui veulent lui faire du tort disent que les filles et les garçons sont sales, dépravés et désenchantés parce qu'ils sont existentialistes. Sartre aime la jeunesse, il l'observe avec sympathie et ne comprend pas cet amalgame. Il estime que les danses nouvelles ne sont ni immorales ni sensuelles, il les considère comme des exercices sains et joyeux, physiquement trop épuisants pour donner des idées licencieuses.

« Il y avait, au temps du Tabou, une façon de danser particulièrement fascinante, et, ce faisant, transformait en serpillière une épaisse chemise de coton dans le temps que met une personne normale pour cuire un œuf sous son aisselle. S'est beaucoup calmé, ne danse plus, cogite, et ne vient plus guère au quartier », écrit Boris Vian dans son *Manuel* à propos d'Alexandre Astruc qui tourne *Le Rideau cramoisi* en 1953.

Certains ont cru, dit Boris Vian, que le mot « existentialisme » signifiait mener son existence en vivant à sa guise ; d'autres demeurent persuadés que pour être dans le vent de la mode il faut se proclamer haut et fort existentialiste. Il aime à conter la réflexion d'un représentant de commerce à une jeune fille, entendue à la terrasse d'un café, un propos que reprend Vian dans son *Manuel de Saint-Germain-des-Prés* : « Moi je suis un bon vivant, un joyeux luron, je suis existentialiste ! » Victime d'une popularité sans rapport avec son œuvre, Jean-Paul Sartre dit ne plus même oser passer devant les cafés.

Traqué par les chasseurs d'autographes, il file rue Jacob pour se rendre chez Gallimard, son éditeur, en frôlant les murs.

Marcel Haedrich et Jacques Robert, de *Samedi-Soir*, publient un article particulièrement venimeux : « Le scandale Sartre », dans lequel on rend la doctrine du philosophe responsable des pires dépravations. Qui donc a bien pu inspirer cet article ? Simone de Beauvoir croit savoir que c'est Anne-Marie Cazalis.

Un soir, elle descend au Tabou en compagnie de Herbaud : « L'endroit était si bruyant, si bondé, si enfumé qu'on ne pouvait ni s'entendre, ni respirer, raconte encore Beauvoir dans *La Force des choses.* Assis à un coin de table avec Cazalis, nous trouvâmes tout de même le moyen de causer. Elle se montra drôle et futée, maniant avec art l'ellipse, la litote, l'allusion. Elle se défendit, à propos du "scandale Sartre", et conclut : "En fait, c'est Astruc le responsable." »

Lazareff, au moment de reprendre la direction de *France-Soir*, avait déclaré : « J'aurai la peau de l'existentialisme », écrit encore Simone de Beauvoir. En fait, les journaux et radios, en cette fin d'année 1947, sont sévères à l'égard de Sartre. « Les regards qui traînaient sur nous dans les lieux publics s'étaient salis à cette boue et je n'aimais plus sortir », raconte Simone de Beauvoir.

Boris Vian fustige sévèrement les « pisse-copie » de la presse à scandale dans son *Manuel.* La désinformation, pense-t-il, est colportée par ceux qui « s'improvisaient piliers du Tabou au moment où le Tabou n'était plus que l'ombre de lui-même ». Dans l'introduction à son ouvrage, il précise encore : « Le développement de Saint-Germain-des-Prés au cours des dernières années est caractérisé par l'abondance des légendes, Kalevalas, sagas, traditions orales ou écrites relatant la conquête des caves et des bars par les troglodytes. »

Dans *Jujube*, Juliette Gréco le décrit ainsi : « Boris Vian était beau, d'une beauté romantique due à la pâleur extrême de son teint et à son air rêveur. Tout cela cachait aussi une terrible inquiétude. Sous son sourire féroce couvaient les grimaces, la grimace. » En 1946, Vian écrit pour les Éditions du Scorpion, dirigées par Jean d'Halluin, un faux roman noir américain, *J'irai cracher sur vos tombes*, sous le nom de Vernon Sullivan. Diffusé en 1947, le roman passe inaperçu. Mais la plainte d'une association et le scandale qui s'ensuit permettent au livre de battre tous les records de vente. L'écrivain Boris Vian est alors inconnu du grand public, malgré son premier ouvrage, *Vercoquin et le plancton*, paru chez Gallimard en 1946 grâce à Raymond Queneau.

On a certainement fabulé sur la fréquentation du Tabou. D'anciens habitués du quartier à cette époque, des amis de Boris Vian, Jean Suyeux, écrivain et réalisateur de films sur Saint-Germain-des-Prés, ou Marc Schutzenberger, mathématicien, tous sont formels : ceux qui fréquentaient quotidiennement Saint-Germain étaient en majorité des gens aujourd'hui complètement inconnus. Bien entendu, Mauriac comme Sartre et Merleau-Ponty sont venus un soir au Tabou, mais dire qu'ils étaient des habitués, non ! On enjolive la légende, elle n'en a pas besoin. Dans son *Manuel*, Boris Vian a parfois la mémoire qui flanche : « On s'aperçoit, en repensant à toutes ces soirées passées, que les souvenirs que l'on espérait les mieux accrochés s'affolent, s'estompent, se mêlent et s'envolent. » Il demande à ses amis de faire appel à leurs propres souvenirs ; mais on sait ce que valent les témoignages *a posteriori*. Vian, en cette année 1950, va publier *L'Herbe rouge* et faire jouer une pièce : *L'Équarrissage pour tous*. Il attend l'ouverture du procès de l'affaire de *J'irai cracher sur vos tombes* pour infraction à la loi du 29 juillet 1939 relative à la protection de la famille française, suite à la plainte déposée par le président du Cartel d'action sociale et morale. Tout cela le préoccupe et l'éloigne donc des péripéties d'une époque pour lui à jamais révolue.

Les troglodytes du be-bop

Le Tabou devient une boîte de nuit comme les autres, et, comme toute entreprise commerciale, doit dégager des bénéfices. Le temps n'est plus où l'on s'y retrouvait entre amis. Boris Vian ne se sent plus chez lui et préfère s'éloigner. Son frère Alain poursuit l'animation de la cave de la rue Dauphine. Sous le pseudonyme de Nicolas Vergencèdre, il écrit et récite ses cocasses *Poèmes soyeux*, d'inspiration quelque peu surréaliste, à mi-chemin entre Jarry et Queneau. Le succès du Tabou est considérable : point de rencontre le plus en vue de Saint-Germain-des-Prés, on vient de partout pour pouvoir un jour se vanter d'avoir, au moins une fois, eu le privilège de descendre le fameux excalier en pierre menant à l'antre « existentialiste ».

Les propriétaires ne regrettent pas leur charcuterie. Les affaires marchent bien, mais elles marcheraient mieux si la petite bande payait ses consommations. Les affaires sont les affaires, elles ne font pas l'affaire de ceux qui, le 11 avril 1947, ont forgé rue Dauphine la légende de Saint-Germain-des-Prés.

Déserté peu à peu par ses créateurs, le Tabou continue sur sa lancée ; Alain Vian reste fidèle au poste et dénigre sévèrement les déserteurs. Dans une plaquette intitulée *Tabou, textes souvenirs sur la naissance d'une cave existentialiste* et signée Nicolas Vergencèdre, il dénonce l'installation des dissidents qui vont occuper une autre cave : « C'est de la couille en barre à côté du Tabou », raconte-t-il. Apparaissent alors sous des noms burlesques Juliette Gréco, « Romana Créquo, fille d'un pasteur turc et d'une pantalonnière de Pantin », Boris Vian, « Bouriche Vlan, boucher littéraire qui contribua, aidé de son jeune olifan, à restaurer dans la célèbre cave le "Jouitterburg", danse lascive des châteaux rhénans », Gabriel Pomerand, « Gabriel Pomerance, le rongeur d'os sales », ou François Chevais, « François de la table de chevet, le ver solitaire ». Alain Vian cache, en ridiculisant ses copains, un peu de tristesse et beaucoup d'amertume. Il a le pressentiment de l'inéluctable déclin du Tabou.

Les troglodytes infidèles ont établi leurs pénates non loin de leur ancienne caverne et vont créer le Club Saint-Germain.

Boris Vian ne joue plus de sa trompinette pour raisons de santé ; la faculté lui déconseille de poursuivre sa carrière de jazzman. Alors rédacteur en chef de la revue *Jazz News*, il est en relation avec tous les grands musiciens américains.

Au mois de juillet 1948, il organise une soirée au Club Saint-Germain avec Duke Ellington comme invité. Près de mille personnes envahissent la rue Saint-Benoît pour voir le célèbre pianiste, compositeur et chef d'orchestre. Vont venir par la suite Charlie Parker, Max Roach, Kenny Clarke, Tommy Potter, Dizzie Gillespie, Miles Davis, Count Basie et Erroll Garner.

Le passage à Saint-Germain-des-Prés des plus grand jazzmen est d'autant plus important qu'une polémique divise depuis une année les membres du Hot Club de France au sujet de l'évolution du jazz outre-Atlantique. Durant les quatre années d'Occupation, les Français n'ont pu connaître la naissance, en 1940, du nouveau jazz aux États-Unis, due à l'érosion du swing. Le be-bop, inventé par de jeunes musiciens noirs, est parvenu à Paris grâce à Dizzy Gillespie, lors de son mémorable concert donné salle Pleyel en février 1948. Première évolution de la musique afro-américaine, le be-bop est radicalement différent des jazz précédents. Boris Vian dit alors à ses amis présents, comme se souvient Sylvain Zegel : « Ce que nous entendons là n'est pas secondaire, c'est construit, subtil, c'est un progrès, c'est très savant. »

Dans la polémique qui oppose partisans et adversaires du be-bop, Vian prend nettement le parti de ce nouveau jazz : c'est lui qui l'imposera à Saint-Germain. Les musiques sur lesquelles on danse alors, dans les caves, le be-bop ou le bop, sont sans rapport aucun avec le jazz des boppers.

Le quartier restera marqué par le bon jazz, et le Blue Note de la rue de l'Abbaye sera pendant quelques années le rendez-vous des vrais amateurs.

Après la fermeture de la cave de la rue des Carmes, Claude Luter s'installe à la fin du mois de décembre 1948 dans le sous-sol du Théâtre du Vieux-Colombier.

Au-dessus triomphent Valentine Tessier, Robert Arnoux et Henri Crémieux dans la pièce de Marcel Aymé : *Lucienne et le boucher.*

Sidney Bechet, vedette internationale du jazz Nouvelle-Orléans, décide de se fixer en France où il remporte un succès triomphal au festival de jazz de Paris pour finalement venir rejoindre l'orchestre de Claude Luter.

Le Club du Vieux-Colombier est alors, avec le Club Saint-Germain, le pôle d'attraction de Saint-Germain-des-Prés.

Après avoir fondé avec Feral Benga la première Rose Rouge, rue de la Harpe, Nico prend seul possession en 1948 d'un local situé rue de Rennes, en garde la raison sociale et y organise des spectacles avec des artistes qui feront chacun leur chemin.

À la Rose Rouge, installée en sous-sol, de jeunes metteurs en scène montent des spectacles originaux à mi-chemin entre le théâtre et le cabaret. Sous la direction de Nico, cette nouvelle Rose Rouge est un franc succès : elle est en fait le premier café-théâtre parisien.

Un public de fidèles vient s'entasser dans cette petite salle surchauffée où des ventilateurs tournent au-dessus des têtes. Dans la salle, les artistes viennent après leur numéro à la table de François Mauriac, de Maurice Herzog, de Charlie Chaplin ou de George Raft. On y applaudit Léo Ferré, Bip, le personnage du mime

Marceau, Juliette Gréco, Jacques Fabbri, Rosy Varte et Michel Piccoli, Michel de Ré et les marionnettes d'Yves Joly.

Nico Papatakis est un grand garçon très élégant, « beau comme un prince éthiopien ». Ancien acteur, il a joué au Théâtre des Mathurins et au Studio des Champs-Élysées. Les pièces dont il confie l'animation à Yves Robert révèlent les talents de la Compagnie Grenier-Hussenot comme ceux des Frères Jacques. Leur passage à la Rose Rouge fera date. La création des ébouriffants *Exercices de style* de Raymond Queneau, le 21 octobre 1950, est un tel succès qu'ils seront joués pas moins de neuf cent cinquante fois ! Ici, les Frères Jacques interprètent aussi *Le Nombril en forme de cœur*, *L'Entrecôte* et *L'Inventaire*.

Pierre Kast et Jean-Pierre Vivet montent le *Cinémassacre* de Boris Vian. Parodie de Hollywood, de Cinecitta ou de Boulogne-Billancourt avec des sketches de Cecil B. de Cent Mille, de Hitchpoule, de Vittorio De Sica ou de Marcel Carnage… Inénarrable spectacle dans lequel Vian se laisse aller aux pires « à-peu-près » dans de folles parodies. On a vu un soir le Piccolo Teatro de Milan occuper la scène, et une autre fois les chanteurs de *Porgy and Bess* chanter au rythme de l'orchestre de Michel Devillers.

C'est également à la Rose Rouge que le tout jeune Charles Aznavour, découvert par Édith Piaf, apporte un soir une chanson à Juliette Gréco. Une chanson qui fera scandale : *Je hais les dimanches*. Quelques jours plus tard, Gréco la présente à Deauville et remporte le prix d'interprétation. Pour ces deux-là, c'est le début d'une carrière internationale.

Après tant de nuits passées sous terre dans les caves enfumées, il paraît bien normal que certains réagissent et décident de remonter à la surface.

La réaction se produit sous les auspices de Raymond Fauchet et de Romi. Celui-ci, antiquaire, journaliste, dessinateur et collectionneur, anime dans le hall de l'Hôtel Saint-Yves, situé au n° 4 de la rue de l'Université, un nouveau club décoré dans le style de la Belle Époque par des affiches de Chéret évoquant le café-concert.

Ce retour au passé est comme une bouffée d'air pur. Cet anti-Tabou présente d'accortes gommeuses au généreux corsage chantant des goualantes, chefs-d'œuvre dérisoires, ridicules et exquis, et repris en chœur par le public et les garçons qui, entre deux coups de torchon, participent également au spectacle.

La bonne humeur règne, Mlles Lily Bontemps et Claudine Chéret lèvent la jambe comme au Moulin Rouge en entonnant d'allègres couplets. On dit que ce charivari nocturne n'a jamais gêné la clientèle de l'hôtel.

Saint-Germain-des-Lettres

Saint-Germain-des-Prés est-il toujours la pépinière de la littérature et le Flore le rendez-vous des écrivains ? Bon nombre de ceux qui ont fait la gloire du quartier ont disparu mais un œil averti reconnaît sans peine, certains jours à sa terrasse, les auteurs dont on parle et ceux dont on parlera.

Le 28 juillet 1983, à l'auberge du Grand Veneur, à Barbizon, Paul Boubal, âgé de soixante-seize ans, attablé devant une bouteille de pouilly — son vin favori —, annonce qu'il a vendu, après un règne sans partage de quelque quarante-trois années, son cher Café de Flore.

La nouvelle fait la une des journaux et suscite la plus vive inquiétude à Saint-Germain-des-Prés. On apprend que les nouveaux propriétaires, M. et Mme Siljegovic, sont de véritables professionnels qui exploitent déjà la Brasserie Jenny, place de la République, et le Départ, place Saint-Michel ; ils ont promis à Boubal de poursuivre la tradition du Flore. Et Mme Siljegovic est originaire de Vic-sur-Cère, dans le Cantal — ce qui semble fait pour rassurer les plus pessimistes. On annonce dans la presse que l'affaire s'est négociée pour la coquette somme de 14 millions de francs.

Une page de l'histoire de Saint-Germain-des-Prés est alors définitivement tournée.

Boubal s'en va, laissant l'image d'un homme dont le succès n'a jamais entamé la personnalité de paysan rouerguais. Ami de Sartre, de Giacometti, de Camus, de Breton et de Picasso, il a reçu des confessions qui auraient alimenté une longue chronique. Mais hélas ! après une courte retraite, il meurt en 1986.

Le Flore plus que centenaire demeure aujourd'hui, dans son décor inchangé depuis 1930, avec ses banquettes de moleskine et ses appliques de Lalique. On y sert comme avant-guerre le *welsh rarebit*, les œufs frais de Marans et les vins de Bordeaux, de Pouilly et de Fleurie.

À la belle saison, quand les touristes envahissent le quartier à la recherche du Saint-Germain perdu, quand les groupes de Japonais descendent de leurs autocars pour se recueillir devant le Flore, ce temple de l'« existentialisme », on peut alors apercevoir de jeunes écrivains ou des journalistes de mode accompagnés de mannequins, installés à la terrasse comme des figurants chargés d'entretenir la légende. Fiers de la petite auréole qui couronne provisoirement leurs têtes chevelues, ils ne portent pas attention à ce passant, mince silhouette marchant à pas menus sur le trottoir du boulevard. Albert Cossery, l'auteur de *Mendiants et Orgueilleux*, des *Hommes oubliés de Dieu* et de quelques autres petits chefs-d'œuvre, habite, toujours à l'hôtel, à Saint-Germain-des-Prés depuis 1951. Pour lui, « Saint-Germain n'est plus qu'une vitrine de souvenirs ». Il ne réclame pas sa part de gloire médiatique ; discret, il refuse les interviews, n'est jamais passé à la télévision. Ses livres suffisent à sa renommée. Témoin du Saint-Germain d'après-guerre, où ses amis s'appelaient Genet, Louis Guilloux, Camus, Giacometti et Vailland, il déplore de vivre, dit-il, dans ce désert culturel qu'est devenue la vie intellectuelle.

Ce pessimisme n'est pas partagé par tous ceux — éditeurs, critiques, attachés de presse et jurés des prix littéraires — qui œuvrent dans le quartier. Il est vrai que la vie de café telle qu'on la concevait voici un demi-siècle n'est plus. Avec elle, les mœurs ont évolué. Qui donc écrit encore au café ? Peut-on concevoir aujourd'hui un écrivain réputé s'exclamant, dans le tintement des verres : « Garçon, de quoi écrire » ?

Aujourd'hui, les cafés littéraires sont le plus souvent le terrain de manœuvres subtiles, d'intrigues sournoises, de stratégies secrètes. Conversations chuchotées, rencontres fortuites constituent généralement l'existence fébrile du petit monde des lettres de Saint-Germain-des-Prés.

Le 22 mars 1993, le dernier survivant des « trois grands », René Mathivat, successeur de son beau-père M. Boulay à la tête des Deux Magots, disparaît à son tour. Cet homme discret, méthodique et scrupuleux a su maintenir dans ce grand café historique la tradition littéraire attachée à l'établissement. Président d'honneur du prix décerné chaque année depuis 1933, René Mathivat est une figure du Saint-Germain de l'après-guerre. Avec ses confrères du Flore et de Lipp, Paul Boubal et Roger Cazes, il a su préserver le décor de son établissement, élément important du prestige international des Deux Magots.

Une telle réputation s'exporte : Tokyo a depuis 1990 son Café des Deux Magots au sein de Bunkamura, un important complexe culturel :

salle de concert, théâtre, cinémas, musée, studio d'enregistrement. À l'instar de Paris, les responsables des Deux Magots japonais décernent chaque année un prix littéraire.

Mais que serait Saint-Germain-des-Prés sans « Lipp, Flore et les Deux Magots, ces trois noms [qui] ont le pouvoir de faire rêver les lettrés des deux hémisphères », raconte Henri Philippon dans l'*Almanach de Saint-Germain-des-Prés* de 1950. « Quel écrivain de contrées lointaines et barbares écrira une "Prière sur le parvis de Saint-Germain-des-Prés", digne réplique à la *Prière sur l'Acropole* d'Ernest Renan ? »

Les Deux Magots demeurent dans le giron de la famille Mathivat ; c'est l'assurance de la sauvegarde de ce lieu de mémoire. Le retour aujourd'hui de plusieurs maisons d'édition émigrées à la périphérie parisienne atteste l'attraction impérieuse du quartier sur les éditeurs soucieux du rayonnement de leur production.

Marcelin Cazes s'éteint au mois d'octobre 1965. Au terme d'une fermeture de trois jours, Roger reprend le gouvernail de Lipp. Ce changement dans la continuité assure la permanence de l'esprit régnant dans ce haut lieu de Saint-Germain-des-Prés.

Le nouveau patron instaure quelques règles destinées à contenir le flot du succès : on ne choisit plus Lipp, mais c'est Lipp qui vous choisit. Il faut dorénavant bénéficier de la bienveillante protection de M. Roger pour occuper une table sous les grands miroirs cernés de céramique. D'après l'accueil et d'après la table où on l'installe, le client pouvait pressentir la place qui lui revient dans la hiérarchie lippienne. Car Roger Cazes ordonne sa salle comme le ferait un directeur de théâtre un soir de générale. Au pied du petit escalier en colimaçon, un morceau de carton à la main, le candidat à la choucroute garnie est jaugé dès qu'il franchit la porte tambour de l'entrée.

Vedettes de la politique, des arts ou des lettres sont placées selon un code subtil exigeant une parfaite connaissance de la vie parisienne : des adversaires politiques ne sauraient être au coude à coude sur la banquette de moleskine, ni des stars rivales du show-business. Écrivains et éditeurs ne souhaitent pas être entendus lors des grandes manœuvres littéraires. Les arrivées simultanées demandent une rapide appréciation du plan des tables afin de diriger chacun dans un point de la salle où il désire, suivant le cas, être remarqué ou ignoré des hôtes de la brasserie. En fin diplomate, Roger Cazes compose une salle brillante, ménageant la susceptibilité de chacun.

Roger Cazes a aménagé pour Jacques Laurent le premier étage, à partir de 15 heures, pour sa tranquillité ; mais l'écrivain est redescendu : « En fait j'aime autant, j'aime lever la tête et voir une jolie fille », confie-t-il à un journaliste. Pas de machine à écrire ni de dictionnaire, mais un stylo ordinaire, un carnet à spirale à glisser dans une poche, un petit stock de cigarettes semblent amplement suffire à Jacques Laurent pour écrire.

Jour après jour, il s'appliquera à noter dans son journal de bord les noms des personnalités les plus éminentes reçues chez Lipp, véritable Gotha réservé à un usage personnel : mi-livre d'or, mi-livre de caisse en somme. Journal de bord retranscrit par les Amis de la brasserie dans leur ouvrage, *Du côté de chez Lipp*, en 1963 :

Lipp vénérable brasserie,
J'ai, devant tes demis mousseux,
Au cours de maintes beuveries
Goûté des loisirs paresseux.

Souvent vers ton cadre archaïque,
Poussé par l'humeur du moment,

Devant tes murs de céramique
Je viens méditer longuement.

Le 23 avril 1987, la presse annonce le décès de Roger Cazes. Une semaine plus tard, on lira sur la porte de Lipp : « La brasserie sera fermée pour les obsèques de Roger Cazes » ; le fourgon mortuaire s'arrêtera quelques instants devant les garçons en tenue, tous alignés le long de la brasserie. « Monsieur Roger » passe pour la dernière fois son personnel en revue avant de pénétrer dans l'église Saint-Germain-des-Prés. Dans la foule, on reconnaît acteurs, écrivains, journalistes et hommes politiques de tous bords, venus rendre hommage à celui qui fut, durant un demi-siècle, l'ordonnateur des plus grands soupers parisiens. Sa nièce, Mme Perrochon, assistée de son mari, maintiendra la tradition lippienne.

Au 40 de la rue des Saints-Pères, depuis tranférée rue de Seine, l'étroite vitrine de la Librairie Marc Loliée propose aux passants quelques ouvrages anciens posés sans apprêt. Cette partie de la rue est tellement étroite que le passage des autobus et des voitures gagnant Montparnasse ou Saint-Germain laisse peu de largeur au trottoir. On ne peut donc s'attarder très longtemps pour jeter un coup d'œil dans la vitrine. Créée en 1926, la librairie est spécialisée dans les ouvrages du XIXe siècle et plus particulièrement dans le romantisme. La porte une fois franchie, on est alors brusquement transporté dans un salon provincial éclairé avec parcimonie par trois lustres. Des bibliothèques bourrées de livres sont méticuleusement consultées par quelques messieurs semblant tout droit sortis d'une gravure de Boilly.

L'éditeur José Corti a apporté un témoignage sincère sur l'époque qu'il a traversée, et les portraits de ceux qu'il a croisés sont sans complaisance. Celui de Léautaud, par exemple, ne manque pas de sévérité. Chaque jour, l'auteur du *Petit Ami* longeait les grilles du jardin du Luxembourg, face à la librairie de la rue Médicis. Il ne rendit pourtant qu'une seule visite à Corti : pour lui présenter un manuscrit d'André Rouveyre sur Apollinaire. Spécialiste des ouvrages de cinéma, José Corti a également accueilli ceux qui ont fait paraître *Du cinéma*, revue éphémère à laquelle ont collaboré Paul Gilson, Philippe Soupault et Jean Mitry.

Pierre Véry, l'auteur de *Goupi mains rouges*, de *L'Assassinat du père Noël* et des *Disparus de Saint-Agil*, était libraire au 52, rue Monsieur-le-

Prince avant d'être accaparé par les adaptations et les scénarios de films. En 1933, Pierre Béarn lui rachète l'établissement. Cinq ans plus tard, il déménage au 60 de la même rue dans une ancienne épicerie de luxe datant du début du XVIIIe siècle, où la Pompadour venait faire moudre son cacao. Le moulin d'époque a longtemps orné la librairie. En 1981, les Béarn vendent leur librairie, et c'est avec tristesse qu'ils doivent brader ce qu'ils ont accumulé avec tant de persévérance. Pierre Béarn est mort en 2004, à cent cinq ans.

Boulevard Saint-Germain, la librairie Nicaise est un lieu de rencontre d'écrivains et d'artistes. Il n'était pas rare d'y croiser Marguerite Duras ou François Mitterrand. Celle de Luc Monot, 5, rue de l'Échaudé, se targue d'être l'une des plus petites librairies de Paris.

La Palatine, cathédrale des livres pour les uns, caverne d'Ali Baba, pour les autres, est cette immense librairie du 5 de la rue Palatine, au rez-de-chaussée d'un immeuble cossu. L'une des plus belles librairies parisiennes est désormais occupée par un institut de beauté.

À la disparition d'Adrienne Monnier, la maison des Amis des Livres reste ouverte et continue de fonctionner comme par le passé, tant que Maurice Saillet, son précieux conseiller et ami, peut s'en occuper. Les libraires successifs ne semblent pas avoir perpétué l'œuvre que celle-ci a entreprise à partir de 1915. Maurice Imbert, jeune amateur de livres, lecteur de Fargue, de Larbaud, de Cendrars et de Valéry, reprend pieusement la librairie en 1991 et tente d'y faire renaître ce plaisir des rencontres entre auteurs et lecteurs.

Les anciens du Saint-Germain-des-Prés de l'après-guerre se souviennent encore de Nicole Védrès, au Bar Vert de la rue Jacob, en compagnie de la joyeuse bande qui va marquer la renaissance du quartier. Cinéaste et collaboratrice de *Lecture pour tous* — la première émission littéraire de la télévision française —, elle a été une inconditionnelle de son cher quartier. Nicole Védrès a choisi d'habiter rue de Furstenberg, près de la petite place aux quatre paulownias.

Jean Cau, quant à lui, ancien secrétaire de Jean-Paul Sartre, associé à la naissance des *Temps modernes*, témoin privilégié des débuts de l'existentialisme des caves et des bars, a toujours vécu rue de Seine.

Ces deux disparus demeurent des figures emblématiques du premier Saint-Germain-des-

Prés, à l'instar de Marguerite Duras qui conserva son logis de la rue Saint-Benoît.

Innombrables sont les écrivains attachés à cette rive gauche. Il en est ainsi par exemple de Cioran — qui a davantage contemplé la Seine que le Danube —, ou encore d'Henri Troyat qui s'est sans doute plus arrêté devant le palais du Louvre que devant les tours du Kremlin... Ces écrivains français d'origine étrangère sont en effet tous deux des fervents germanopratins. Et Tahar Ben Jelloun, l'auteur de *La Nuit sacrée*, a également fait de ce quartier son oasis parisienne de l'écriture.

Samuel Beckett, quant à lui, frontalier de Montparnasse, se hasardait parfois jusque chez son éditeur de la rue Bernard-Palissy, Jérôme Lindon, tout comme Eugène Ionesco, est demeuré fidèle à ce côté-ci de la Seine.

Enfin, dans les cafés et les bars de Saint-Germain-des-Prés, il n'était pas rare de rencontrer Jorge Luis Borges ou Alberto Moravia accompagnés de leurs très jeunes épouses, installés à la terrasse des Deux Magots ou au bar de l'Hôtel du Pont-Royal. Demeurant incognito tant que la télévision n'avait pas popularisé leurs visages, ils goûtaient le plaisir d'être de simples Parisiens dans les lieux les plus littéraires de la capitale.

À Saint-Germain-des-Prés, à Montmartre comme à Montparnasse, certains artistes ne sortent guère des limites du quartier qu'ils ont choisi d'habiter. D'autres viennent à la recherche d'un climat différent, favorable à la création de leurs œuvres. Il en est ainsi des peintres anglais Francis Bacon et David Hockney, de passage à Paris, qui s'installaient de préférence entre la Seine et le boulevard Saint-Germain, à deux pas des cafés propices aux rencontres fortuites ou nécessaires.

La Hune, entre le Flore et les Deux Magots, est un point de rencontre entre les créateurs. Fondée par Bernard Gheerbrant bien décidé, dès la fin de la guerre, à mener un combat en faveur de l'art nouveau, cette librairie-galerie n'a cessé dès lors de multiplier manifestations et expositions en faveur de la peinture contemporaine. Des artistes comme Hans Hartung, Pierre Alechinsky, Fassianos et tant d'autres ont toujours trouvé à La Hune cette ouverture d'esprit essentielle à la mise en valeur de leurs ouvrages.

Les amoureux du monde du spectacle, quant à eux, connaissent bien la Galerie Proscenium, établie rue de Seine. Décors, costumes et maquettes y évoquent le théâtre aujourd'hui bien absent depuis la fermeture des scènes du Récamier et du Théâtre de Babylone. La récente réouverture du Vieux-Colombier, tant attendue, est considérée par tous comme le signe d'un regain d'activité culturelle à Saint-Germain-des-Prés.

Le Vieux-Colombier renaît de ses cendres dans un environnement qui n'a plus rien en commun avec celui qui fut le sien naguère. Les magasins de vêtements ont remplacé librairies religieuses et bazars sulpiciens, marchands d'estampes et galeries d'art. Peu avant sa réouverture disparaît un autre de ses voisins : le Bel Viandier, jolie petite boucherie du siècle dernier.

En 1963, Léo Ferré se produit en récital au Vieux-Colombier, puis, en 1975, Jean Yanne tente d'y installer une maison de production cinématographique.

Inscrit à l'Inventaire supplémentaire des Monuments historiques en 1978, le Vieux-Colombier de Copeau — dont la dernière représentation remonte à 1924 — inaugure une nouvelle ère théâtrale en plein cœur de Saint-Germain-des-Prés.

À l'abandon depuis 1977, il est enfin acquis neuf ans plus tard pour la somme de 17,8 millions de francs par l'État qui investit, aidé en cela par la Caisse nationale des dépôts et consignations, 36 millions pour les travaux. Le théâtre est entièrement repensé par les architectes Bernard Kohn et Yannis Kokkos ; deux années sont nécessaires pour rénover la salle principale qui compte trois cent trente places, pour créer une salle de répétition en sous-sol et pour aménager des locaux annexes afin de caser loges d'artistes et bureaux de l'administration. Ce sous-sol, indépendant du théâtre lui-même — où Sidney Bechet et Claude Luter se sont illustrés voici plus de cinquante ans, en 1949 —, avait été un temps le rendez-vous des gays, puis celui des amateurs de danse du Proche-Orient.

Saint-Germain-des-Prés retrouve enfin son théâtre. Le Vieux-Colombier ouvre ses portes le 9 avril 1993 avec la première représentation de *Elle est là* et du *Silence* de Nathalie Sarraute, dans une mise en scène de Jacques Lassalle, l'administrateur de la Comédie-Française. Il se consacre désormais au répertoire contemporain.

Un événement qui affirme le développement culturel et intellectuel de Saint-Germain-des-Prés.

Bibliographie

ALICKA, Alice, *Hier (souvenirs)*, Paris, Éditions du Pavois, 1946.

AMIS DE LA BRASSERIE LIPP, les, *Du côté de chez Lipp*, Paris, 1963.

APOLLINAIRE, Guillaume, *Le Flâneur des deux rives* (1928) Paris, Gallimard, 1975.

ARNAUD, Noël, *Les Vies parallèles de Boris Vian* (1970), Paris, Christian Bourgois, 1981.

ARNOUX, Alexandre, *Paris sur Seine* (1939), Paris, Grasset, 1964.

ASSOULINE, Pierre, *Gaston Gallimard*, Paris, Balland, 1984.

BAIR, Deirdre, *Simone de Beauvoir*, Paris, Fayard, 1991.

BALDICK, Robert, *Les Dîners Magny*, Paris, Denoël, 1972.

BEAUVOIR, Simone de, *Mémoires d'une jeune fille rangée* (1958), Paris, Gallimard, 1972.

—, *La Force de l'*âge (1960), Paris, Gallimard, 1986.

—, *La Force des choses* (1963), Paris, Gallimard, 1977.

BENSTOCK, Shari, *Women of the Left Bank. 1900-1940*, Austin, University of Texas Press, 1986.

BILLY, André, *Le Pont des Saints-Pères*, Paris, Fayard, 1947.

BLONDIN, Antoine, et ASSOULINE, Pierre, *Le Flâneur de la rive gauche,* Paris, François Bourin, 1988. Réédition La Table Ronde, 2004.

CAPOTE, Truman, *Prières exaucées,* trad. de l'américain par Marie-Odile Fortier-Masek, Paris, Grasset, 1988.

CARCO, Francis, *De Montmartre au Quartier latin* (1927), Paris, Sauret, 1993.

—, *Nostalgie de Paris,* Paris, Le Milieu du monde, 1941.

CAZALIS, Anne-Marie, *Les Mémoires d'une Anne,* Paris, Stock, 1976.

CAZES, Marcelin, *50 Ans de Lipp,* Paris, La Jeune Parque, 1966.

CHALON, Jean, *Chère Natalie Barney,* Paris, Flammarion, 1992.

CHAMPION, Pierre, *Mon Vieux Quartier* (1932), Paris, Grasset, 1979.

CHANTAL, Suzanne, *Le Cœur battant,* Paris, Grasset, 1976.

COPEAU, Jacques, *Journal,* Paris, Seghers, 1993.

CORTI, José, *Souvenirs désordonnés,* Paris, Seghers, 1983.

DAUDET, Léon, *Paris vécu, rive gauche,* Paris, Gallimard, 1970.

—, *Souvenirs des milieux littéraires, politiques, artistiques et militaires* (1915), Paris, Grasset, et Albatros, 1974.

DAUPHINÉ, Claude, *Rachilde,* Paris, Mercure de France, 1991.

DIWO, Jean, *Chez Lipp,* Paris, Denoël, 1981.

DOELNITZ, Marc, *La Fête à Saint-Germain-des-Prés,* Paris, Robert Laffont, 1979.

DUCHATEAU, Jacques, *Boris Vian ou les Facéties du destin,* Paris, La Table Ronde, 1982.

FARGUE, Léon-Paul, *Le Piéton de Paris* (1932-1939), Paris, Gallimard, 1982.

FAVETON, Pierre, *Les Années* 20, Paris, Messidor-Temps actuel, 1982.

FRANCE, Anatole, *Le Petit Pierre,* Paris, Calmann-Lévy, 1961.

GALTIER-BOISSIÈRE, Jean, *Journal,* Paris, Quai Voltaire, 1993.

GHEERBRANT, Bernard, *À la Hune. Histoire d'une librairie-galerie à Saint-Germain-des-Prés,* Paris, Éditions du Centre Georges-Pompidou et Adam Biro, 1988.

GONCOURT, Jules et Edmond, *Journal, mémoire de la vie littéraire 1851-1896*, Paris, Robert Laffont, Bouquins, 1989.

GONCOURT, Jules, *Lettres publiées sous la direction de l'académie Goncourt,* Paris, Fasquelle, 1930.

GOURMONT, Remy de, *Lettres à l'Amazone* (1925), Paris, Mercure de France, 1988.

GRÉCO, Juliette, *Jujube,* Paris, Stock, 1982.

HEMINGWAY, Ernest, *Paris est une fête* (1925), traduit de l'américain, Paris, Gallimard, 1973.

HILLAIRET, Jacques, *Connaissance du vieux Paris,* Paris, Gonthier, 1963.

HUISMAN, Georges et POISSON, Georges, *Les Monuments de Paris,* Paris, Hachette, Bibliothèque des guides bleus, 1966.

JAY, Salim, *Du côté de Saint-Germain-des-Prés,* Paris, Jacques Bertoin, 1992.

LANOUX, Armand, *Paris 1925,* Paris, Robert Delpire, 1957.

LARBAUD, Valery, *Lettres à Adrienne Monnier et à Sylvia Beach (1919-1933)*, Paris, IMEC, 1991.

LARGUIER, Léo, *Saint-Germain-des-Prés, mon village,* Paris, Plon, 1938.

LÉAUTAUD, Paul, *Journal littéraire,* Paris, Mercure de France, 1986.

LEFÈVRE, Frédéric, *Une heure avec...,* Paris, Gallimard, 1929.

LEPAGE, Auguste, *Les Dîners de Paris,* Paris, Frinzin, Klein et Cie, 1984.

LEROY, Jules, *Saint-Germain-des-Prés, capitale des lettres* (1952), Paris, Nouvelles Éditions latines, 1973.

LOTTMAN, Herbert R., *La Rive gauche. Du Front populaire à la guerre froide,* trad. de l'américain par Marianne Véron, Paris, Le Seuil, 1981.

MONNIER, Adrienne, *Rue de l'Odéon* (1960), Paris, Albin Michel, 1989.

MORNAND, Félix, *La Vie de Paris,* Paris, Librairie Nouvelle, 1855.

MOULOUDJI, Marcel, *La Fleur de l'âge,* Paris, Grasset, 1991.

NIMIER, Roger, *Les écrivains sont-ils bêtes ?,* Paris, Rivages, 1990.

PARINET, Élisabeth, *La Librairie Flammarion (1875-1974),* Paris, IMEC, 1992.

PATRICK, Louis, *La Table Ronde, une aventure singulière,* Paris, La Table Ronde, 1992.

PHILIPPON, Henri, sous la dir. de, *Almanach de Saint-Germain-des-Prés,* Paris, L'Ermite, 1950.

PRASTEAU, Jean, *Les Grandes Heures du faubourg Saint-Germain,* Paris, Librairie académique Perrin, 1992.

RIBADEAU-DUMAS, François, *Histoire de Saint-Germain-des-Prés, abbaye royale,* Paris, Pierre Amiot, 1958.

ROBERT, Jacques, *Paris la nuit,* Paris, Solar, 1956.

ROUTIER, Marcelle, *Saint-Germain-des-Prés,* Paris, R.P.M., 1950.

SAINT-CLAIR, Marie, *Il y a quarante ans,* Paris, Gallimard, 1968.

Saint-Germain-des-Prés, 1945-1950, Paris, Pavillon des Arts, cat. exp., Paris Musées, 1989.

SALMON, André, *Souvenirs sans fin,* Paris, Gallimard, 1955-1956 et 1961.

TAVRIGER, Michel, *La Légende de Saint-Germain-des-Prés,* photos de Serge Jacques, Paris, Éditions de La Roulotte, 1950.

VIAN, Boris, *Manuel de Saint-Germain-des-Prés,* Paris, Le Chêne, 1974.

WISSANT, Georges de, *Cafés et cabarets,* Paris, Jules Tallandier, 1928.

Remerciements

Notre reconnaissance à tous ceux qui nous ont aidés directement ou indirectement à la réalisation de cet ouvrage : éditeurs, libraires, restaurateurs, cafetiers et galeristes de Saint-Germain-des-Prés.

Notre gratitude à Éliane Bert-Bonabel, Thérèse Binchet, Guy et Françoise Breton, François Broche, Charles Daney, Louis Doucet, Bernard Gheerbrant, Arnaud Hofmarcher, Hélène Orizet et Marthe de Rohan-Chabot, pour la précieuse documentation qu'ils ont mise à notre disposition.

Nos plus vifs remerciements à Pierre Canavaggio dont nous avons bien souvent sollicité l'infaillible mémoire.

Cet ouvrage a été achevé d'imprimer par CPI Bussière
à Saint-Amand-Montrond (Cher)
pour le compte des Éditions de La Table Ronde
en mars 2011.

Dépôt légal : novembre 2007.
N° d'édition : 183942.
N° d'impression : 110964/4.

Imprimé en France.